KB199440

사랑이 나에게 가르쳐준 것들

사랑이 나에게 가르쳐준 것들

김옥림 지음 | 탁용준 그림

미래북

사랑은 이 세상의 모든 것

어느 날 나는 길을 가다 한 곳에 나무처럼 서서 한동안 움직일 줄 몰랐습니다. 너무도 아름다운 모습이 내 눈 가득 들어왔기 때문입니다. 뇌성마비 장애인 부부가 하는 행동이 너무도 사랑스러웠습니다. 뻥튀기를 팔고 있는 남편에게 아내가 뻥튀기를 먹여주었습니다. 그러자 남편 역시 불편한 몸을 잔뜩 움츠린 채 아내에게 뻥튀기를 먹여 주었습니다. 그렇게 반복적인 행동을 하면서 그들의 입가에는 깨끗 같은 미소가 떠나지 않았습니다. 그 모습을 바라보는 내 가슴에도 핑크빛 행복이 스며드는 걸 느낄 수 있었습니다. 그러면서도 순간 내 자신이 너무 부끄러웠습니다. 그들보다 나은 조건에서도 불평불만에 사로잡혀 살아온 것이 내 자신에게는 물론 내가 사랑하는 이들에게, 나를 믿어주고 아껴주는 이들에게 너무도 미안해 반성하며 새롭게 나를 깨우쳤습니다.

그 일이 있고 얼마 지나지 않아 너무도 아름다운 이야기를 듣고 감

동한 일이 있습니다. 조국 오스트리아를 떠나 이역만리 머나먼 대한
민국에서 근 50년 가까운 세월을, 병들고 지친 사람들을 위해 희생적
인 삶을 살아온 마가렛 수녀와 마리안느 수녀. 그들은 자신들의 행적
이 알려지는 것조차 꺼려 아무도 모르게 출국을 했다고 합니다. 그들
의 소식을 듣고 평생토록 보살핌을 받아온 사람들이 아쉬워하며 눈물
흘리던 모습이 지금도 내 눈에 선합니다. 그들이야 말로 그 어떤 대가
도 없이 자신의 인생을 다 바쳐 사랑을 실천하며 살았던 것입니다. 그
들의 생애는 성자의 그것에도 조금도 뒤처지지 않는 눈부시도록 숭고
한 삶이었습니다.

사랑!
사랑은 이 세상의 모든 것입니다.
이 책엔 너무도 고귀한 사랑이야기와 행복한 삶을 다룬 아침햇살 같
은 이야기와 삶에 대한 깊은 사색에서 건져 올린 맑은 강물 같은 이야
기와 급박하게 변하는 현대사회에서 잘 살아가기 위해 해야 할 삶의
지혜를 주는 이야기와 지친 영혼을 따스하게 감싸며 꿈과 사랑을 전
해주는 감동적인 시가 들어 있어 독자들에게 다양하고 풍부한 마음의
선물이 되었으면 합니다.

2008년 가을 길목에서
김옥림

차례

제 2부 모든 사람은 행복을 만드는 대장장이다

제 1부

사랑이 나에게 가르쳐준 것들

사랑은 이 세상의 모든 것

사랑하는 사람이 자신 곁에 있다는 것은 참으로 행복하고 축복된 일이다. 사랑은 사람이 살아가는 데 있어 삶의 이유이자 목적이며 사랑하는 사람은 자신이 살아가는 데 있어 삶의 동행자다. 사랑의 대상은 가족일 수 있고, 연인일 수도 있고, 친구일 수도 있고, 직장 동료일 수도 있고, 선생님일 수도 있고, 자신이 아끼는 주변 사람들일 수도 있다. 사랑하는 대상이 많을수록 그 사람은 그만큼 행복한 사람이다. 왜냐하면 남에게 사랑을 주는 만큼, 그 사람 역시 누군가로부터 기억되어지고 사랑을 받기 때문이다. 그래서 사랑을 준다는 것은 가장 아름다운 행위이고, 주면 줄수록 기쁨과 행복이 파도처럼 넘쳐나는 것이다. 그런데 사랑을 준다는 것은 결코 쉽지 않은 일이다. 사랑하는 사람을 위해 때론 자신의 유익을 양보해야 하고, 배려하고 믿고 기다려 줄 수도 있어야 한다. 그렇지 않는다면 진실한 사랑을 준다고 할 수 없다. 사랑은 진실할 때 오래가고 행복은 배가 되는 것이다. 그러나 사랑을 가볍게 생각하는 사람에겐 사랑의 참 기쁨이 찾아오지 않는다. 그런 사람에겐 가식적이고 허위적인 사랑만이 기웃거린다.

R · 스티븐슨은 "사랑을 베푼다는 것은 이 세상을 꽃밭으로 만드는 위대한 열쇠다." 라고 했듯이 사랑하는 사람만이 그 사랑의 참 기쁨을 알게 되고, 또한 사랑하는 사람에게 사랑을 받게 됨으로써 세상을 행복하게 살아간다.

사랑은 이 세상의 모든 것이다.

사랑이 없는 세상을 상상해 보라. 세상은 갖은 멸시와 천대와 비난과 시기와 질투와 공격으로 얼룩지고 상처를 입고 말 것이다. 그런 세상에선 하루라도 맘 편히 살 수 없다. 그리고 희망도 미래도 없다. 오직 절망과 탄식과 고통과 아픔과 슬픔만이 가득 할 것이다.

사랑이 이 세상의 모든 것이 될 때만 우리는 자유롭고 기쁨 가득한 인생으로 살아갈 수 있다. 사랑이 이 세상의 모든 것이 될 수 있도록 사랑하는 이들을 위해 항상 기도하고 힘쓰는 일에 열정을 다 바쳐야

한다. 사랑이야말로 신이 인간에게 주신 가장 빛나는 보석이며 의무
이고 권리이다.

완전한 사랑

완전한 사랑! 당신은 완전한 사랑을 하느냐, 고 묻는다면 그렇다고 자신 있게 대답할 사람은 얼마나 될까. 이 물음 자체가 고루하고 어처구니없는 물음이 될 것이다. 완전한 사랑이란 온 몸과 마음을 다 바쳐 일체를 이루는 것이기 때문이다. 한쪽은 자신을 다 바쳐 사랑하는데 다른 한쪽은 그렇지 않은 경우가 허다한 것이 우리들의 삶이다. 그러니 어찌 완전한 사랑을 쉽게 입에 올릴 수 있을까. 그러기에 완전한 사랑을 이룬 인생은 넘치도록 아름답고 고귀하다.

프랑스 주간지 〈누벨 옵세르바뢰르〉를 공동 창간하고, 프랑스 '68 혁명'의 이론적 지도자 가운데 한사람이며, 1970년대 이래 생태주의 운동에 힘을 바친 좌파지식인 앙드레 고르. 그는 스물네 살 때 자신보다 한 살 아래인 도린을 만나 결혼을 하고 60년을 함께 살았다. 그는 열정과 신의로써 평생 아내만을 사랑했고, 23년 동안 거미막염이란 불치병을 앓아온 아내를 먼저 떠나보낼 수 없어 한 침대에 나란히 누워 생목숨을 끊고 삶을 마감했다. 이 세상 그 어디에서 이처럼 찬란하게 아름답고 슬픈 사랑을 볼 수 있을까. 아무리 사랑이 소중하다한들 죽어가는 아내를 홀로 떠나보낼 수 없어, 천국의 길동무가 되어 준 앙드레 고르. 그들의 순결하고 고귀한, 완전한 사랑 앞에 절로 머리가 숙여진다. 이런 완전한 사랑이야 말로 가장 위대한 삶의 완성이다.

사랑은 주는 것이다. 아까워하지 않고 사랑하는 이에게 맘껏 자신의 모든 것을 퍼 주는 것이다. 거기엔 아무런 대가성도 없다. 사랑하는 이가 너무 사랑스러워서 그냥 주는 것이다. 사랑하는데 무엇인들 주지 못할까. 하지만 받으려고만 하는 것은 사랑이 아니다. 그것은 사랑으로 위장한 거짓 사랑이다. 사랑하는 이에게 주어본 사람은 안다. 준다는 것이 얼마나 자신을 기쁘게 하고 뿌듯하게 하는지를.

"사랑은 죽음보다도, 사랑은 죽음의 공포보다도 강하다. 사랑, 오직 사랑으로만 일생을 버티며 살 수 있고 전진을 계속하는 것이다." 라고 투르게네프는 말했다. 그리고 실러는 "인간의 사랑은 인간의 위대한 영혼을 더욱 위대한 것으로 만든다." 라고 했다.

앙드레 고르와 도린이 이룬 완전한 사랑은 인간이 인간으로서 보여 줄 수 있는 가장 위대한 승리이며 영혼의 극치다. 그것은 그 누구도 결코 흉내 낼 수 없는 거룩한 인생의 기록이다. 이 말에 대해 반론을 제기할 지도 모른다. 어찌하여 자살을 그토록 찬란하게 찬미할 수 있느냐고. 하지만 난 단호하게 말 할 것이다. 사랑을 곡해하지마라, 그 어떤 사랑도 가치가 있는 것이라고. 진정한 사랑만 있으면 황무지에서도 꽃을 피우고, 시베리아 벌판에서도 야자수 나무를 자라게 할 수 있다고.

누구나 완전한 사랑은 할 수 없다. 그러나 최선의 사랑은 할 수 있다. 그 최선의 사랑을 향해 사랑하라, 오늘이 마지막인 것처럼.

누군가에게
줄 수 있는 사랑은
행복한 마음에서
싹트는 것입니다

받으려고만 하는 마음속엔

거짓스러움만 있을 뿐
진정성은 없습니다

주는 사람의 얼굴엔
넉넉함이
꽃송이처럼 벙글어 있습니다

주는 것은 사랑입니다
받으려고만 하는 것은
그 사랑을 잃는 것입니다.

–주는 것은 아름답다

포옹

뼈로 만든 낚싯바늘로

고기잡이하며 평화롭게 살았던

신석기 시대의 한 부부가

여수항에서 뱃길로 한 시간 남짓 떨어진 한 섬에서

서로 꼭 껴안은 채 뼈만 남은 몸으로 발굴되었다

그들 부부는 사람들이 자꾸 찾아와 사진을 찍자

푸른 하늘 아래

뼈만 남은 알몸을 드러내는 일이 너무 부끄러워

수평선 쪽으로 슬며시 모로 돌아눕기도 하고
서로 꼭 껴안은 팔에 더욱더 힘을 주곤 하였으나
사람들은 아무도 그들이 부끄러워하는 줄 알지 못하고
자꾸 사진만 찍고 돌아가고
부부가 손목에 차고 있던 조가비 장신구만 안타까워
바닷가로 달려가
파도에 몸을 적시고 돌아오곤 하였다

이 시는 정호승 시인의 〈포옹〉이다.

포옹!

서로가 서로를 꼬옥 안아주는 아름다운 행위. 포옹을 하면 맥박이 뛰고 심장이 뜨거워짐을 느낀다. 그 까닭은 서로의 마음과 체온이 상대방에게 닿는 순간 뜨거운 감정의 교류가 강하게 작용하기 때문이다. 그래서 포옹을 하고 있으면 마음이 따뜻해지고 자신이 상대방으로부터 사랑받고 있거나 신뢰받는다고 여겨 행복함을 느낀다.

요즘 '그냥 안아드려요 free hugs' 란 운동이 좋은 반응을 일으키고 있다고 한다. 이 운동은 후안 만 이라는 청년이 오스트레일리아 시드니 거리에서 처음 시작했다고 한다. 이 장면이 인터넷에 동영상으로 유포되면서 이에 감동한 세계 누리꾼들이 적극적으로 알리면서 급속도로 퍼진 것이다.

삶에 지친 사람들을 위로해주고 싶어 시작했는데 의외의 반응이 일어난 것이다. 처음 본 사람이 안아주는 것이 쑥스러워 망설이던 사람도 안아주고 나면 아주 흡족해한다고 한다.

이를 보더라도 포옹은 사람들에게 있어 친밀감을 주는 아름답고 예쁜 행위임을 알 수 있다.

그런데 우리나라 사람들은 서양인들에 비해 포옹하는 데 익숙하지 못하다. 주변인식을 하다 보니 부자연스러운 것이다. 물론 요즘 젊은 이들은 포옹이나 스킨십에 대해 과거에 비해 눈에 띨 만큼 자연스러운 편이다. 하지만 더 자연스러워져야 한다고 본다.

시 〈포옹〉에서 보면 신석기 시대 부부가 서로 꼭 껴안은 채 뼈만 남은 형태로 발굴됐음을 알 수 있다. 이를 보더라도 그 까마득한 옛날에도 사랑하는 사람들은 서로를 포옹하며 사랑하고 위해주었다는 것을 알 수 있다.

포옹하라, 포옹은 참 좋은 것이다.

나 역시 포옹하는 것을 참 좋아한다. 포옹하고 있는 순간은 너무 행복하기 때문이다. 그래서 틈만 나면 자꾸만 포옹이 하고 싶어진다.

포옹하라.

그 대상이 아내든 남편이든 애인이든 아들이든 딸이든 친구든 그 누구든 간에 포옹하라. 처음엔 어색해도 자꾸만 하다보면 아주 자연스러워질 것이다.

　포옹하라!

　뜨거운 마음으로 감사한 마음으로 아껴주는 마음으로 사랑하는 마음으로 포옹하고 또 포옹하라.

정

정情. 정이란 인간과 인간 사이를 맺어주는 연결 고리와 같은 것이다. 다른 환경에서 자란 사람들이 서로 만나 사랑을 하고, 삶을 공유하는 것은 정이 그 중심에 있기 때문이다. 그래서 부부와 가족 친구 사이가 오래도록 아름다운 관계를 이뤄나가는 것이다.

그런데 요즘 사회적 현실에서 보면 비감하기조차하다. 경제가 어려워 졌다고 자신이 낳은 어린 자식을 헌신짝처럼 내버리고, 사랑하던 부부가 원수가 되어 갈라서고, 부모와 자식 간에 갈등의 골이 깊어져

남남처럼 되고, 친척과 친구사이에도 불신의 벽이 높아만 간다. 이는 끈끈하고 살뜰한 정이 무뎌지고 사람들의 마음이 사하라사막처럼 메말랐기 때문이다. 이를 누구의 탓이라고 딱히 말 할 수 없는, 우리 모두의 탓이며 불행한 미래를 예고하는 것 같아 쓸쓸하고 허망한 생각에 가슴이 저려온다.

그러나 아직은 우리에게 희망은 있다. 더 이상 우리가 아귀처럼 되지 않으려면 빛이 바래져 가는 정을 다시 되살리면 된다. 정이란 피로 맺어졌기 때문에 생명의 호흡과도 같다. 이 호흡들이 하나로 이어져 서로의 가슴에 따스한 온기로 스며든다면, 가뭄에 쩍쩍 갈라진 논바닥 같은 황폐한 마음은 부드럽고 온유하게 변화할 것이다. 그렇게 될 때 사람들은 본연의 마음을 회복해 정을 나누며 아름다운 삶을 살게 될 것이다.

정을 품고 살자.

정이 우리의 삶으로부터 멀어지지 않도록 마음을 여미며 서로를 토닥이며 살자. 가장 사람다운 미소를 지으며 넉넉한 가슴으로 서로에게 향기로운 인생의 꽃이 되자.

정情 이란
무엇으로 만들어진 것이기에

이리도 모질게 질긴 것인가

날카로운 칼날로도
잘 드는 가위로도 그 무엇으로도
결코 끊을 수 없는
정

세월 지나고
삶을 어렴풋이 알게 된 지금
정이 질긴 까닭을
조금은 알 것 같다

정은 피로 맺어졌기 때문이다
생명과 생명
그 생명의 호흡으로
맺어졌기 때문이다

- 정情

사랑이 나에게 가르쳐 준 것들

사랑이란 명제 앞엔 늘 마음이 설레고 가슴이 따스하게 부풀어 오른다. 이는 사랑이란 말엔 모든 것을 품어 주고 받아들이는 품격이 있기 때문이다. 그래서 톨스토이는 "사랑은 인간에게 몰아沒我를 가르친다. 따라서 사랑은 인간을 괴로움에서 구해준다."고 말했다. 또한 괴테는 "사랑은 최대의 모순을 융화하고 천지를 통합하는 길을 알게 한다."고 말했다.

세계적 대문호인 톨스토이와 괴테의 말에서도 알 수 있듯이 사랑은 모든 것을 감싸주고 용서하고 이해하고 괴로움과 고통으로부터 인간을 자유롭게 하고 행복하게 한다. 사랑 앞에 우리는 진지해야하고 겸허해야하고 날카로운 발톱과 같은 흉계를 숨기지 말아야한다.

　내가 사는 아파트 같은 통로에 장애인인 남편과 비장애인인 아내가 살고 있다. 남편은 소아마비로 다리가 불편하여 휠체어를 탄 채 엘리베이터를 타고 내린다. 그리고 밖으로 외출할 때나 밖에서 돌아올 땐 어김없이 그의 고운 아내가 그를 애기 같이 번쩍 안아 차에 태우고 내린다. 그것이 뭐가 얘기 거리가 되냐고 하겠지만 그렇지 않다. 남편을 안아 차에 태우거나 차에서 안아 내리는 그녀의 모습은, 온화하고 평화스러우며 너무도 행복한 모습이다. 그 모습이 어찌도 평안한지 마치 천사의 미소처럼 보는 사람을 편안하게 하며 행복으로 물들게 한다는 것이다. 그리고 언제나 한결같은 모습이다. 나는 그들을 볼 때마다 삶의 경건함과 사랑의 충만함을 느낀다.

　나의 에세이집 『사랑하라, 오늘이 마지막인 것처럼』의 그림을 그린 화가 탁용준은 불의의 사고로 팔다리를 쓸 수 없는 최악의 상황에서도, 약간의 신경의 살아있는 손목에 붓을 고정한 채 한 땀 한 땀 수를 놓듯 그림을 그린다. 그의 그림을 보며 그의 작업은 수행의 그것처럼 고요하고 담담하고 경건함 속에서 이루어진다는 것을 알 수 있었다. 나는 그를 만나게 되면 넘치도록 칭찬과 격려를 해줘야겠다고 생각하며 흐뭇한 미소를 지었다.

　그러던 어느 날 출판사 사장으로부터 한 통의 전화를 받았다. 저자
인 나를 그가 만나고 싶어 한다는 것이다. 출판사 사장의 말을 전해 듣
고도, 나는 일정상 곧바로 그를 만나러 갈 수 없었다. 그래서 숙제를
안고 있는 기분으로 지내던 중 그로부터 한통의 전화를 받았다. 내 책
에 자신의 그림을 실을 수 있어서 감사하다고 말하며 한번 만나보고
싶다고 했다. 그의 말을 듣고는 더 이상 지체할 수가 없어, 나는 출판
사 사장에게 전화를 걸어 그와 만날 테니 약속시간을 잡아달라고 했
다. 그리고 나는 그를 만나기 위해 서울로 갔다. 그는 내가 생각했던
것 보다 훨씬 더 불편한 몸을 하고 있었지만, 그의 표정은 너무도 밝
고 맑았다. 온화하고 다정다감한 모습이 아주 평안해 보였다. 그리고
무엇보다도 나를 감동하게 한 것은 그의 아내였다. 남편을 위해 20년
이 넘는 긴 세월동안, 인고의 나날을 보냈다고는 할 수 없을 만큼 곱고
평안한 자태를 지녔다. 불편한 남편을 위해 한시도 자리를 비울 수 없
는 다람쥐 쳇바퀴 같은 단조로운 생활을, 사랑과 기도로 지켜오며 그
를 화가의 길로 서게 한 그의 아내는 살아 있는 사랑의 형상과도 같았
다. 모든 것이 그의 아내의 힘이라는 걸 한눈에 알 수 있었다. 나는 그
들 부부의 사랑 앞에 삶의 숭고함을 느꼈다. 그리고 사랑의 진정성에
대해 가슴 깊이 새긴, 의미 있는 시간을 가질 수 있음에 그들 부부와
의 만남을 감사해했다.

"진정한 사랑의 불가결의 조건은 희생적인 헌신, 남의 행복을 내 것인 양 추구하는 것이다." 라고 뒤파유는 말했다. 그렇다.

두 부부가 보여준 눈부시도록 아름답고 행복한 모습은, 희생하고 헌신하는 아내의 사랑이 만들어 낸 사랑의 결과이다. 그들이 살아온 세월은 눈물도 있었고, 뼈에 사무친 고통도 있었을 것이다. 그리고 인간의 보편적 심성에 따르면, 때론 자신의 자리를 박차며 벗어나고 싶을 때도 있을지도 모른다. 그러나 그들은 그 시련의 숲에서 벗어나지 않고, 눈물을 사랑으로 만들고 고통을 행복으로 끌어올렸던 것이다.

아른트는 "물은 헛된 행복과 같이 흘러가지만, 사랑의 물결은 충실하게 되돌아온다."고 했다.

사랑은 그 어떤 말보다도 진실하고 사람을 평안으로 이끌어 준다. 그러기에 사랑은 사람을 겸손하게 하고 사랑이게 하고 자유롭게 한다. 사랑은 세상에서 가장 아름다운 말이며 가장 존중 되어져야 할 성스러운 행위이다. 그들의 사랑이 나에게 가르쳐 준 것들은 사랑은 감동이며 사랑 앞에 겸손해야하며, 사랑은 믿음이며 칭찬이며 나를 드러내지 않는 것이며, 사랑하는 이를 앞세우고 나를 낮추는 것이며, 서두르지 않으며 모든 것을 참으며 탐내지 않으며, 온유한 마음으로 침묵하며 차분히 기다리는 것이다, 라는 것을.

사랑하라!

사랑은 영원한 인간의 구원救援 이며 명제이며 존재의 근원이다.

사랑은 겸손을 말하네
나를 앞세우지 말고
사랑하는 이의 뒤편에 서서
사랑하는 이를 높여주는 것이라네

사랑은 믿음을 일러 말하네
믿음은 사랑으로 오고
그 믿음으로
사랑은 키가 자라네

사랑은 용서를 말하네
분노하는 마음이 이성을 잃게 해도
마음을 가다듬어
차분히 용서를 하라하네

사랑은 침묵을 일러 말하네
말이 앞서 사랑하는 이의 마음에
상처를 남기지 말고
침묵으로 평안을 주라하네

사랑은 칭찬을 말하네
작은 일에도 칭찬을 아끼지 말고
사랑하는 마음을 담아
미소 지며 칭찬을 하라하네

사랑은
나를 드러내지 않으며
한 발 물러서서 바라보게 하고
서두르지 아니하며
탐내지 않으며
차분히 기다리는 마음이라네

사랑은
최악의 상황에서도
슬픔은 안으로 삭이고
고통은 나누며
격려와 용기를 주는 것이라네

사랑은
모든 것을 포용하며

모든 것을 참으며

모든 것을 배려하는

생의 원천이라네

– 사랑이 나에게 가르쳐 준 것들

돌아오는 길

오늘도 당신을 찾아왔다가
풀섶에 그리움만 다북다북 묻어두고
어제 울던 바람과 함께 돌아갑니다
오랫동안 당신이 보고 싶었습니다
나뭇잎이 새로 돋고 풀들이 크는 동안
당신 향한 그리움도 그렇게 컸었는데
오늘 더욱 쓸쓸해 보이는 당신 모습에
가져왔던 말들 못다 풀고 그냥 돌아갑니다

이 시는 도종환 시인의 〈돌아오는 길〉이다.

이 시에서 보면 시적화자가 먼저 떠난 사랑하는 사람이 너무도 그리워, 사랑하는 이가 잠들어 있는 곳을 찾았다가 사랑하는 이가 너무 쓸쓸해 보여 하고 싶은 말도 못한 채 그냥 돌아오는 심정이 잘 나타나있다. 비록 소품의 시지만 이 시를 읽다보면 가슴이 뭉클해지며 코끝이 짜르르 해지는 것을 느끼게 된다. 사랑하는 이를 떠나보낸 이의 간절한 그리움이 저녁연기 날리듯 짙게 배어있기 때문이다.

도종환 시인은 감성이 풍부한 시인이다. 그가 만들어 내는 시적언어는 매우 탁월하다. 특히, 서정적 언어는 여타의 시인들이 따를 수 없을 정도다. 그의 그런 시적능력이 잘 나타난 시집이 『접시꽃 당신』이다. 그는 이 시집에서 사랑했던 아내를 먼저 보낸, 남편의 절박한 그리움을 찬란하게 슬프고 아름다운 시적언어로 풀어냈다. 먼저 떠난 아내에 대한 그의 절절한 마음은 하늘도 울리고 땅도 울리고 많은 사람들을 울게 했다. 독자들은 그의 시집을 통해 사랑하는 사람이 지금 이 순간 함께 한다는 것이 얼마나 감사하고 행복한 일인지를 뼈저리게 느꼈었다.

어떤 연인이 있었다. 그들은 서로를 너무도 사랑했다. 그러나 그들은 너무도 가난하였다. 그들은 많이 배우지도 못했고 가진 것이라곤 건강한 몸과 서로에 대한 깊은 사랑뿐이었다. 하지만 그들은 사랑했으므로 너무 행복했다. 그들은 결혼식은 하지 못했지만 예배당에서 언약식을 하였다. 그리고 부부가 되었다. 근근하게 살아가던 그들에게 아기가 생겼다. 둘이 살 때보다 더 많은 돈이 필요했고, 아이의 장래를 위해 탄광촌으로 갔다. 그곳은 배우지 못해도 몸만 건강하면 얼마든지 돈을 벌 수 있는 곳이었다. 그는 잘 아는 고향 사람 소개로 탄광에 취직을 할 수 있었다.

그는 너무도 성실한 사람이었다. 일 년이 가고 이 년이 가고 통장엔 금싸라기 같은 돈이 쌓여갔다. 아기도 무럭무럭 잘 자랐다. 그들은 하루하루가 너무도 행복했다.

그러던 어느 날 이었다. 그날은 비가 몹시 내렸다. 아내는 우산을 들고 남편을 마중 나갔다. 칠흑 같은 어둠을 뚫고 한 남자가 오고 있었다. 그녀는 그가 남편임을 알아차리고 앞으로 달려 나갔다.

"여보! 나 예요."

아내가 소리치자 그녀를 보고 남편은 손을 흔들었다. 아내는 남편만 주시하며 달려가다 저쪽에서 오는 차를 미처 보지 못했다. 순간 그것을 본 남편이 "안 돼! 오지 마!"

하고 소리쳤다. 그러나 아내는 그 소리를 제대로 알아듣지 못했다. 그러자 남편이 아내를 막기 위해 몸을 날렸다. 그러나 남편은 안타깝게도 트럭 백미러에 받치고 말았다. 순간적이었다. 남편은 나뒹굴며 쓰러졌다. 아내는 그 자리에 얼음기둥처럼 얼어붙은 채 잠시 할 말을 잃었다. 그리고 잠시 후 퍼붓는 빗줄기 속에서 그녀는 몸부림치며 울부짖었다.

남편은 그렇게 갔다.

사랑하는 아내를 살리기 위해 자신의 몸을 초개같이 던지고, 길 위에 구르는 마른 낙엽처럼 쓸쓸히 가고 말았다.

참된 사랑은 사랑하는 이를 위해 죽음도 불사하는 사랑이다. 나는 도종환 시인의 〈돌아오는 길〉을 읽으면 이 이야기가 떠오르곤 한다.

그는 갔지만 그의 아내는 힘들고 외로울 때마다 자신을 위해 죽은 남편을 생각하며 선물로 남겨주고 간 아이를 최선을 다해 키우며 살았다. 그녀는 힘들 때마다 아이와 함께 남편의 뒤를 따를까도 생각했지만, 그럴 때마다 어디선가 남편의 목소리가 들려왔다고 한다. 당신 곁엔 내가 있으니 절대 나쁜 생각하지마라고. 그 때마다 그녀는 다시 용기를 내며 살았다고 한다.

사랑은 그런 것이다.

죽어서도 사랑하는 이를 아니 잊고, 또한 살아가는 동안 먼저 간 사랑을 한시도 아니 잊는 것이다.

도종환 시인의 시 〈돌아오는 길〉의 시적화자나 먼저 간 남편을 잊지 못해 그리워하는 아내나 한 치의 오차도 없이 똑같은 마음일 것이다.

사랑하며 살자.

죽어서 후회를 남기지 않는 사랑으로 사랑하며 살아야겠다.

삶에 배경이 되어주는 사람

"기쁨이 있는 곳에 사람
과 사람 사이의 결합이 이루어진다. 사람과 사람 사이에 결합이 있는
곳에 또한 기쁨이 있다." 라고 독일의 시성 괴테는 말했다. 세상을 아
름답게 느끼는 것은 그 배경에 사람과 사람들이 옹기종기 모여, 서로
를 보듬어주고 위로해주고 용기를 주고 살아가기 때문이며, 그 삶의
과정 속에서 서로를 아끼며 사랑하는 마음이 함께하기 때문이다.

사람들이 없는 지구의 모습은 상상하는 것만으로도 참혹하리만치
쓸쓸하고 음습한 분위기를 자아낸다. 사람이 없는 지구는 공허한 정

적막이 감돌고 마치 정물화와 같은 풍경만 존재할 것이다.

사람이란 따뜻한 마음과 냉철한 지혜를 가진 존재로서, 창조주가 창조한 피조물 가운데 최고의 가치를 지닌 동물이다. 사람들은 말과 글을 만들었으며 문화와 역사를 이루어냈고, 문명사회를 이루며 더 나은 미래를 지향하는 창의적 주체이다. 이러한 사람과 사람들이 살아가면서 함께 기뻐하고 화합하는 삶속에서, 사람들이 갖게 되는 삶의 지수는 그만큼 높아지게 된다.

멋진 돌탑이 있었다.

"오, 이처럼 멋진 탑을 보다니! 정말 아름다운 탑이구나."

돌탑을 보는 사람들마다 입에 침이 마르도록 경탄하였다. 그 멋진 돌탑도 한 때는 반쯤 무너지고 볼품이 없었다. 그 이유는 돌들이 서로 제일 좋은 자리를 차지하려고 다투었기 때문이다. 그러던 어느 날 돌들 중 동그란 무늬가 있는 돌이 말했다.

[애들아, 우리가 서로 좋은 자리를 차지하려고 싸우다 보니, 우리는 멋진 탑도 만들어보지도 못하고 그냥 평범한 돌로 지낼 수밖에 없구나. 난 이렇게 평범한 돌로 있다는 게 너무 슬퍼.]

[그건 나도 그래. 그렇지만 서로들 양보를 안 하니 어쩌면 좋아.]

둥글납작한 돌이 말했다. 그러자 다른 돌들도 하나 같이 같은 말을 쏟아놓았다. 그렇지만 정작 자신을 양보하려고 하지 않고 다른 돌 탓으로 돌렸다. 무언가를 곰곰이 생각하던 동그란 무늬 돌이 말했다.

[애들아, 난 멋진 탑을 만들기 위해 좋은 자리를 차지하기위한 내 욕심을 버리겠어. 난 멋진 탑을 만들 수 있다면 어느 자리라도 좋아.]

[그, 그래? 그럼 나도 그럴 거야.]

동그란 무늬 돌의 말을 받아 둥글납작한 돌이 말했다. 그러자 돌들은 너도 나도 그러겠다며 말했다. 그리고 돌들은 자신의 자리를 차지하고 앉았다. 그러자 놀랍도록 멋진 탑이 완성되었다.

돌들이 각자 서로에게 배경이 되어주자 멋진 탑이 되었던 것이다.

사람들 개개인은 돌탑의 우화에서 보듯 서로에 대해 삶의 배경이 되어야 하는데, 누구나 주체가 되기를 원하지 그 주체를 받쳐주는 객체가 되지 않으려 한다. 주체가 빛나는 것은 그것의 배경이 되어준 많은 객체가 함께 하기 때문이다.

그런데 많은 사람들 중엔 이런 삶의 진실을 잊고 살거나 알아도 무시하고 지나치려고 한다. 나만 잘 나면 그만이지 나만 잘 살면 그만이지 나만 행복하면 그만이지, 라는 생각으로 가득 차 있다. 이런 생각을 깨뜨려버려야 한다. 그리고 서로가 서로에게 삶의 배경이 될 때 우리의 삶은 더욱 아름다운 모습으로 변모하여 우리를 행복하게 할 것이다.

이슬같이 맑은 사랑

이른 아침 햇살에 반짝이며 투명하게 빛나는 이슬을 보면, 한 방울 한 방울 오색실에 꿰어 목걸이도 만들고 팔찌도 만들고 귀걸이도 만들어 가장 소중한 이에게 주고 싶은 마음이 새록새록 피어난다. 말도 안 되는 어처구니없는 상상이지만, 때론 철없는 어린아이 같은 발상으로 사물을 이해하고 바라보면 그렇게도 세상이 아름다울 수가 없다. 나는 가끔씩 내가 어린이가 되었으면 좋겠다는 생각을 하곤 한다. 어린이들의 꾸밈없는 마음으로 하늘을 바라보고 사물을 이해하고 지극히 단순한 마음으로 웃고 싶을 땐 웃고, 울고 싶을 땐 울고 미워하지 않고 시기하지 않고 눈에 보이는 대로 귀에 들리는 대로 살고 싶다. 그 누군가가 "정말 말도 안 되는 철딱서니 없는 말 하고 있네." 하고 코웃음치고 비웃을지라도 단 며칠만이라도 그렇게 살고 싶을 때가 있다. 이는 어린아이의 마음으로 산다는 것이 그만큼 깨끗하고 순결하다는 것의 반증인 까닭이다. 그리고 현실을 단순하고 순수하게 살아간다는 것은 매우 힘들고 어렵다는 것을 뜻하기도 하다. 어찌됐든 나는 맑은 이슬을 보면 마음이 한없이 맑아짐을 온몸으로 느낀다. 손가락 끝으로 살짝만 건드려도 금방 톡 터질 것만 같은 이슬, 너무 연약하지만 그래서 더 영롱하게 반짝이는 이슬.   하루를 살아도 사랑하는 이에게 영롱한 삶의 빛이 되고 싶다.

브라우닝은 "사랑은 최선의 것이다." 라고 했다. 최선의 사랑, 그것은 이슬처럼 맑고 투명한 사랑이 아닐까. 좋은 것과 은혜로운 것, 아름답고 소중한 것을 아낌없이 줄 수 있는 사랑.

내게 남겨진 인생은 그런 사랑의 길로 가고 싶다.

이슬 같은
맑은 사랑이고 싶다

티끌하나 없는

아침햇살에
고요히 눈 뜨는
이슬처럼
흠집 하나 없는
투명한 만남이고 싶다

이런 사랑이라면
그 모두를 걸고 싶다

나의 전부를
바칠 수 있는 사랑은
그 얼마나 아름다운가

– 이슬

사랑법칙

세상에는 온갖 법칙들로 넘쳐난다. 국민의 권리와 의무에 관한 헌법과 법률이 있고, 교통질서 확립을 위한 교통 법규가 있고, 학교에는 교칙이 있으며 회사에는 사규가 있고, 지자체에는 지방자치법이 있다. 이런 법칙들의 공통점은 생활에 대한 질서와 안녕을 위한 통제와 규제의 기능을 한다는 것이다. 그러나 그 어디에도 사랑법칙은 없다. 나는 이에 대해 사랑법칙이란 새로운 명제를 제시한다. 사랑법칙은 아름다운 사랑을 통해 생활의 기쁨을 얻는 것으로써 그 기쁨의 만족으로 최선의 삶을 영위하는 것을 말한다. 이런 만족한 사랑을 얻으려면 사랑하는 마음으로, 사랑 가득한 눈으로, 사랑하는 이를 바라보아야 한다. 그리고 사랑하는 이의 장점을 찾아 아낌없이 칭찬하고 거침없는 사랑을 베풀어야 한다. 또한 진지하게 사랑하는 이의 말을 들어주고 교감을 통해 서로를 자신의 가슴에 품어 안아야 한다. 이런 노력과 열정 없이 행복한 인생길을 걸어간다는 것은 삶에 대한 모독이다.

D·H 로렌스는 "사랑은 창조의 힘이다."라고 했다. 그렇다. 사랑은 모든 것을 가능하게 한다. 진정한 사랑만 있다면 불가능한 일도 가능하게 하고, 최악의 상황에서도 벗어나 새로운 길로 나아갈 수 있다.

"사랑한다는 것은 자기를 넘어서는 것이다."라고 오스카 와일드는 말했다. 이 말을 달리하면 자기를 넘어서는 힘은 사랑에서 온다, 는 말이다. 사랑법칙은 바로 삶을 새롭게 창조하고 자기를 넘어서는 삶의 방책인 것이다.

사랑하라!

날마다 새로운 오늘을 살기 위해 최선의 사랑으로 사랑하라.

사랑하는 눈으로
상대방을 바라보자
사랑 가득한 마음으로

마주보며 이야기하자
아름다운 사랑을 위하여

행복한 얼굴로
사랑하는 사람을 마주하자
미소 띤 입술로
사랑하는 이를 칭찬하자
아름다운 행복을 위하여

넉넉한 마음으로
상대방의 말에 귀를 기울이자
사람은 누구나 자신의 말에
진지한 모습을 보이는 자에게
믿음을 가지나니

아름다운 사랑을 위하여
행복한 너와 나의 만남을 위하여
소중한 삶을 위하여
풍요로운 마음을 가져야 하느니라

- 사랑법칙

최선의 말

할름은 말하기를 "사랑이
란 하늘에 우리를 이끌어 가는 별이며, 메마른 황야에 있는 녹색의 한
점이며, 회색의 모래 속에 섞인 한 알의 금숲이다." 라고 했다. 사랑의
고귀함과 소중함을 적절하게 잘 나타낸 말이다. 사람이 살아가는데 '
사랑'은 필수에너지이다. 이 에너지가 결핍이 되면 행복은 단절되고,
미움과 원망만 산더미처럼 쌓여질 것이다.

톨스토이는 "사랑은 아낌없이 주는 것이다." 라고 말했다. 사랑하는
이에게 무엇이 아까울 것인가. 내 몸을 다 내어주고 싶을 것이다. 만

약 그런 생각이 안 든다면 그것은 진실한 사랑을 하지 않는다는 것이다. 진실한 사랑 앞엔 목숨도 초개처럼 던져버릴 수 있어야 한다. 그런 사랑이 아낌없이 주는 사랑이다.

"사랑은 최대의 모순을 융화하고 천지天地를 통합하는 길을 알게 한다."고 괴테는 말했다. 사랑을 하다보면 상대방의 허점도 나타나고, 삶의 모순도 발견된다. 어디 그 뿐인가. 몰라도 될 비밀도 드러난다. 그런데 이 모든 불합리하고 모순된 것까지도 끌어안는 게 사랑이다. 만약 그런 사랑을 하지 않는다면 그것은 진실을 위장한 거짓 사랑이라고 해도 좋을 것이다.

할름이나 톨스토이, 괴테의 말에서 보듯 사랑이 주는 의미가 얼마나 큰지를 잘 알 수 있을 것이다.

인생의 모든 것은 사랑으로 이루어지고 그 사랑으로 생의 역사를 새롭게 써 나간다. 사랑이 함께 하는 한 그 사람은 행복한 사람이다. 그 행복을 누리기 위해서라면 최선의 말로 사랑하는 이를 감동시켜라.

감동하는 삶은 최선의 말과 사랑에서 온다.

사랑한다는 말보다
더 아름다운 말을 나는 알지 못합니다

사랑이란 말보다
더 위대한 말을 나는 들어 본적이 없습니다

사랑이란 말보다
더 빛나는 말을 나는 믿을 수가 없습니다

사랑이란 그 말보다
더 우리를 들뜨게 하는 말은
나는 상상할 수 없습니다

사랑한다는 그 말보다
더 우리를 사랑으로 이끌어주는 말을
나는 용납할 수 없습니다

사랑은 그 말 한마디로 이미
우리에게 세상을 헤쳐 나갈
용기와 소망을 주었으니까요

– 나는 알지 못합니다

영원한 봄날

우리들의 사랑이 영원한 봄날 같이 날마다 온기가 넘친다면 얼마나 좋을까. 이런 사랑은 누구나 꿈꾸는 사랑일 것이다. 다툼도 없고, 미움과 시기와 탐욕 없이 서로를 내 몸같이 위하고 아낄 게 불을 보듯 뻔하다. 그러니 누구인들 영원한 봄날 같은 사랑을 원하지 않겠는가.

나 역시 이런 사랑을 간절히 원한다. 하지만 내가 원한다고 해서 오지 않는 것 역시 영원한 봄날 같은 사랑이다. 값진 사랑은 그냥 오지 않는다. 그만한 대가를 치를 때 오는 인생의 상급이다.

어떤 부부가 있다. 아내는 불편한 다리로 미술학원을 꾸려나간다. 남편은 신체 건강하고 무척 성실한 사람이다. 그는 아내를 위해 학원 자동차를 운전하고 아이를 돌보고 가사 일을 도우며 최선의 노력을 다 기울인다. 아내는 그런 남편을 믿고 열심히 학원 일을 하면서 자신은 복이 많은 여자라고 생각하며 행복하다고 말한다. 남편은 불편한 몸으로 자신의 일에 최선을 다 하는 아내가 너무도 사랑스러워 무엇이든 다 해주고 싶어하며 열심히 살고있다.

나는 그들을 보면서 사랑은 참으로 값진 인생의 윤활유라는 생각을 다시금 하게 되었다. 그들의 아름다운 사랑은 주변사람들에게도 큰 감동을 주었다. 요즘 같이 사랑의 가치가 평가절하 되고 쉽게 만나고 쉽게 헤어지는 이때 그들의 사랑은 그래서 더욱 아름다워 보인다.

소포클래스는 "참사랑의 힘은 태산보다도 강하다. 그러므로 그 힘은 어떠한 힘을 가지고 있는 황금일지라도 무너뜨리지 못한다."고 했다. 사랑의 빛이 퇴색하지 않도록 살뜰한 사랑을 키워 나아가야 한다. 그래야만 참다운 사랑과 행복을 누리며 살 수 있는 것이다.

영원한 봄날 같은
사랑이었으면 좋겠네

영원한 봄날 같은
그대 사랑 있었으면 정말 좋겠네

그 영원한 봄날 속에
그대만의
꽃이었으면 정말 좋겠네

자나 깨나
늘 향기로운 봄날 속에서
사랑을 노래하고
영원속의 사랑으로 남았으면
정말 좋겠네

– 영원한 봄날

한계령을 위한 연가

한겨울 못 잊을 사람하고

한계령쯤을 넘다가

뜻밖의 폭설을 만나고 싶다.

뉴스는 다투어 수십 년 만의 풍요를 알리고

자동차들은 뒤뚱거리며

제 구멍들을 찾아가느라 법석이지만

한계령의 한계에 못 이긴 척 기꺼이 묶였으면.

오오, 눈부신 고립
사방이 온통 흰 것뿐인 동화의 나라에
발이 아니라 운명이 묶였으면.

이윽고 날이 어두워지면 풍요는
조금씩 공포로 변하고, 현실은
두려움의 색채를 드리우기 시작하지만
헬리콥터가 나타났을 때에도
나는 결코 손을 흔들지 않으리.
헬리콥터가 눈 속에 갇힌 야생조들과
짐승들을 위해 골고루 먹이를 뿌릴 때에도…….

시퍼렇게 살아 있는 젊은 심장을 향해
까아만 포탄을 뿌려대던 헬리콥터들이
고라니나 꿩들의 일용할 양식을 위해
자비롭게 골고루 먹이를 뿌릴 때에도
나는 결코 옷자락을 보이지 않으리.

아름다운 한계령에 기꺼이 묶여
난생처음 짧은 축복에 몸둘 바를 모르리.

사람들은 사랑하는 연인의 사랑을 얻기 위해 많은 노력을 한다. 자신이 사랑하는 사람 역시 자신을 뜨겁게 사랑한다면 그것처럼 행복한 것은 없다. 그러나 자신이 사랑하는 사람이 자기를 사랑하지 않을 때의 심정은 이루 말할 수 없이 고통스럽다. 자신이 사랑하는 사람의 마음을 얻지 못한다는 것은 절망 그 자체이기 때문이다. 그러다 보니 그런 사람들 중엔 자신의 사랑을 차지하기 위해 많은 노력을 한다. 어떤 이는 우연을 가장하여 사랑하는 사람과의 만남을 지속적으로 끌고나가며 마음을 사로잡으려하고, 어떤 이는 사랑하는 이와 외딴 섬으로 가서 시간을 끌다 배를 놓쳐 계획적인 운명의 순간을 만들기도 한다. 그리고 또 어떤 이는 마당쇠작전으로 무조건 사랑하는 이의 종처럼 굴며 환심을 사려하고, 어떤 이는 값비싼 선물공세를 하며 사랑하는 이의 마음을 사로잡으려한다.

　이처럼 사랑은 절대적인 노력이 있어야 하는 것이다.

　쉽게 사랑을 얻으려고 하지마라. 쉽게 얻는 사랑일수록 쉽게 깨지는 법이니까.

　이 시는 문정희 시인의 〈한계령을 위한 연가〉이다. 이 시에서도 잊지 못할 연인과 운명적으로 묶이고 싶은 마음이 간절하게 나타나 있다. 폭설을 만나 아름다운 한계령에서 사랑의 밤을 보내고 싶은 시적 화자의 마음이 다소 도발적이지만, 그것은 행복 하고 싶은 너무도 간절한 열망에서 나온 지극한 사랑의 마음에서다. 그것을 잘 말해주는 대목이 눈에 갇혀 꼼짝달싹 할 수 없는 사람들을 구조하려 헬리콥터가 나타났을 때에도 손을 흔들지 않고, 자신의 옷자락도 보이지 않겠다고 하는 다짐이다.

이 어찌 아찔하도록 상큼하지 않은 발상이랴!

이시에서처럼 같은 상황이 내게 주어진다면, 온통 하얗게 채색된 눈부시도록 아름다운 한계령에서 격정에 찬 사랑의 밤을 보내고 싶다. 이런 상상만으로도 몸과 마음이 뜨겁게 달아오른다.

이런 사랑이라면 나도 목숨을 걸고 사랑하고 싶다.

당신은 나의 모든 것

사랑하는 사람이 있다는 건 그 무엇보다도 행복한 일이다. 누구나 부러워하는 부와 명예, 권세가 있다고 해도 사랑 없이는 인생의 참된 가치를 안다고 할 수 없다. 사랑은 세상에서 가장 값진 것이고 그 사랑을 통해 인생은 완성되어진다. 그러기에 자신의 사랑에게 목숨 걸 수 있는 사람이야 말로 진정으로 용기 있는 인생이다.

어느 젊은 부부가 있었다. 남편은 35살, 아내는 29살. 둘은 결혼해

서 즐거운 시간을 보내며 이것이 행복이라면 영원했으면 좋겠다고 입
버릇처럼 말하곤 했다. 그렇게 달콤한 시간을 보내며 살던 어느 날 아
내는 몸에 이상을 느껴 병원에서 검진을 받았다. 그녀를 검진한 의사
는 정밀검진을 받아보자고 했다.

"제게 무슨 심각한 병이라도 있나요?"

그녀는 엷은 미소를 지으며 말했다.

"그러는 게 좋겠습니다. 그래야 정확히 알 것 같습니다."

의사는 다른 말은 없이 정밀검진을 받아보라며 재차 말했다.

"말씀해 주세요. 그러면 정밀검진을 받겠습니다."

그녀는 조금 전과는 달리 자못 심각한 얼굴이 되어 말했다.

"지금으로 봐선……, 간이 안 좋은 것 같습니다."

"그, 그래요?"

"네. 그러니까 정밀검진을 받는 게 좋겠습니다."

의사의 말에 그녀는 더 이상 아무런 말없이 병원을 나섰다. 집으로
돌아오는 길이 천리만리처럼 느껴졌다.

'내게 무슨 일이 있다면, 그이는 어떡하지? 누가 밥을 해주고 빨래를
해주고 옷을 다려주지…….'

그녀는 집으로 돌아오는 내내 남편걱정만 했다. 그러나 그녀는 평
소 때처럼 남편을 반겨 맞았고 행복한 시간을 보냈다.

그리고 의사가 정해준 날짜에 맞춰 정밀검진을 받았는데 안타깝게

도 간암 판정을 받았다. 하늘이 노래지고 숨이 막혀 그대로는 집으로 들어갈 수 없어 남편과의 추억이 서려있는 강으로 향했다. 그녀는 그곳을 돌아보며 지난날을 떠 올리며 눈물을 흘렸다. 노을이 지고 어둠이 안개처럼 내릴 때에야 집 생각이 났다. 그녀는 부리나케 집으로 달려가 정성껏 저녁을 준비했다.

그녀는 일주일이 지나도록 남편에게 아무런 말도 할 수 없었다. 하지만 그녀는 나중 일을 생각해서 더 늦기 전에 남편에게 알려야겠다고 다짐했다. 그녀로부터 얘기를 들은 남편은 그녀를 꼬옥 안아주며 병원에 입원할 것을 권유하였다. 남편의 권유대로 그녀는 병원에 입원을 하였다. 수술을 해도 생명을 보장 받을 수 없는 형편이었지만 그들 부부는 수술을 받기로 하고 수술을 받았다. 그러나 불행하게도 절망 그 자체였다. 남편은 그녀를 위해 최선의 노력을 다했다.

그러는 동안 두 달이 훌쩍 지나갔다.

그러던 어느 날 그녀는 기력을 다 쇠진한 채 알아들을 수조차 없는 목소리로 남편에게 말했다.

"자기야, 나와……, 결혼해…… 줘서, 정말…… 고, 마, 웠어."

"그 말은 내가 자기에게 해주고 싶은 말이야. 자기야, 나랑 결혼해줘서 정말 고마워. 지금도 그렇고, 그리고 먼 훗날 우리가 다시 만나도 당신은 나의 모든 것이야. 자기를 만난 것은 내 인생에 최고의 선물이야."

"나, 도, 그래. 정말, 고마워. 사, 랑, 해……."

그녀는 사랑한단 말을 남기고 그의 곁을 떠나갔다. 남편은 그녀를 끌어안은 채 오열을 하였다. 부모 없이 자란 그를 사랑한다는 이유만으로 부모형제의 반대를 무릅쓰고 사랑했던 그녀. 그녀는 그에게 아내 그 이상이었던 것이다.

그녀는 가고 없지만 최선을 다한 사랑이었기에 지금도 남편의 가슴에 그녀는 불꽃처럼 타고 있다.

당신은 이 세상의 모든 것
내 안에 당신이 찾아온 후
당신은 내 생에
의미가 되었습니다

나의 꿈과 행복
나의 모든 것들은
당신을 향해 열려 있고
내 일상의 자리마다
당신은 늘 중심이었습니다

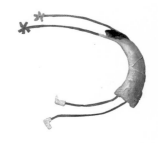

그 어느 순간에도 당신은
내 마음에서
한 번도 떠난 적이 없었고
나 또한 내 안에서
당신을 잊어 본적이 없습니다

당신이 나와 함께 한 시간은
매 순간이 내겐
너무도 소중하였습니다

내가 살아가는 동안
난 당신의 사랑 안에서
나의 보람된 세월을 위해
우리의 빛나는 이상을 위해

모든 것을 참으며
모든 것을 믿으며
모든 것을 다 바쳐
나아갈 것입니다

당신은 이 세상의 모든 것

그 어느 순간이랄 지라도

내가 살아가야 할

빛나는 소망입니다

- 당신은 이 세상의 모든 것

사랑에 빠진 자는 아름답다

사랑에 빠진 자의 눈은 꽃사슴 눈처럼 초롱초롱하고 입술은 장미보다도 더 붉고, 미소는 라일락보다도 예쁘다. 말은 나긋나긋 부드럽게 속삭이고 옷맵시는 단정하고, 걸음걸이는 날아갈 듯 경쾌하고 행동은 날렵하고 여유로 넘친다. 사랑의 감정에 빠지게 되면 사랑하는 이에게 잘 보이기 위해 최선을 다하게 된다. 평소에 안 하던 행동도 자연스럽게 하게 되고, 거친 말씨도 부드럽게 바꾸고, 게으른 몸짓도 노루의 몸놀림처럼 가뿐하게 움직인다. 이는 사랑은 사람을 변화시키는 힘을 가지고 있기 때문이다.

사랑 앞엔 그 어떤 사람도 순한 어린양이 되고, 그 무엇도 하찮은 것으로 보인다. 오직 사랑만이 최선이고 인생에 전부인 것처럼 보인다. 사랑은 신비한 램프와 같아 사람들을 새로운 모습으로 변화 시키는 것이다.

그녀는 얼굴도 예쁘고 몸매도 훌륭하지만 말하는 거나 행동거지는 반머슴아 같다. 말은 투박하며 행동은 굼뜨고 도무지 여자다운 멋이라고는 없다. 대학도 명문대학을 나왔지만 취직할 생각은 안중에도 없고 집에서 키우는 송아지만한 도베르만을 데리고 산책하는 게 유일한 취미이다. 어머니의 거품 뿜어대는 닦달에 못 이겨 수차례 선도 보았으나 선보고 나면 그걸로 땡이었다. 선본 남자한테선 두 번 다시 만나자는 연락 한번 없었다. 그녀는 대수롭지 않게 여겼지만 속 타는 쪽은 어머니였다.

그러던 어느 날 운명 같은 일이 벌어졌다. 그 날도 개를 데리고 산책을 하던 중 개가 그만 어떤 남자를 물어 버린 것이다. 그 남자는 잘 생긴 외모에 반듯한 차림을 하고 있었다. 개에게 다리를 물린 그 남자는 화를 내기는커녕 당황해 울상을 짓는 그녀에게 오히려 미소까지 지으며 괜찮으니 걱정하지 말라고 말했다. 그 남자는 치료를 해주겠다는 그녀의 말에 괘념치 말라며 말하곤 그 자리를 떴다. 그날 이후 그녀의 가슴속에선 이루 말 할 수 없는 그 무슨 울렁거림이 떠나지 않았다.

혼자 있다가도 그 남자를 생각하면 가슴이 두근거리며 당장이라도 그 남자를 만나고 싶었다.

햇살 좋은 어느 날 그녀는 산책길에서 또다시 그 남자와 마주쳤고 그 날 이후 그 남자의 연인이 되었다. 반머슴아 같은 그녀는 다소곳하고 상냥하고 조신한 여자로 완전히 탈바꿈을 하였다.

"사랑이 좋긴 좋구나. 아영이를 완전히 딴 사람으로 만들어 놓다니……."

어머니를 비롯한 가족들의 칭찬에 그녀는 쑥스러운 듯 얼굴을 붉히곤 했다.

그녀는 사랑함으로써 완전히 다른 여자가 되었던 것이다.

체호프는 "사랑할 수 있다는 것은 모든 것을 행할 수 있다는 것이다." 라고 했다. 그렇다. 사랑은 모든 불가능을 가능하게 하고 사막도 숲으로 바꾸어 놓는다.

그것이 사랑의 능력이며 사랑의 힘이다.

아낌없는 마음으로

호라티우스는 "그날이 너에게 있어 최후의 날이라고 생각하라. 그렇게 하면 뜻하지 않은 오늘을 얻어 기쁨을 갖게 될 것이다." 라고 했다. 또한 셸리는 말하기를 "인생의 봄에는 오직 한 번 밖에는 꽃이 피지 않는다. 다시 피지 않는다." 라고 했다.

참으로 인생의 귀감이 되는 보석 같은 말이다.

사람이 여러 번 되풀이해서 삶을 살 수 있다면 호라티우스나 셸리의 말은 그다지 설득력을 얻지 못하는 객담에 불과할 것이다. 그러나 인생은 누구에게나 단 한 번만 주어지는 것이기에 가슴을 잔잔하게 울리며 파고든다.

아흔이 다된 노부부가 있다. 그들은 고령에도 건강한 모습으로 서로를 위해 아낌없는 사랑과 위안을 주며 행복하게 살고 있다. 70년 가까운 세월을 부부로 산다는 것은 흔한 일이 아니다. 그러니 어찌 크나큰 축복이 아닐까. 그들 노부부의 모습에선 성자의 거룩함 마저 느껴졌다면 그건 너무 지나친 과장이라고, 누군가가 말할지도 모르겠지만 내 마음은 그렇다고 힘주어 말하고 싶다. 게다가 잘 사는 자식들에게 신세 안지고 둘만이 만들어가는 노부부의 소박한 삶이 오히려 풍요롭게 다가왔다. 젊은 부부들에게서 느낄 수 있는 파릇파릇하고 톡톡 튀는 사랑보다도 아름다웠고, 장구한 인생의 대서사시를 읽는 것 같은 감동을 받았다.

아낌없는 마음으로 사랑하며 살아가는 노부부의 모습을 보고 나도 모르게 눈가가 촉촉해 졌다. 나의 못나고 쓸쓸하고 고독한 삶이 노부부 앞에 너무 초라하고 경망스러워 보였기 때문이다.

자신이 행복하다고 여기는 사람에겐 삶이 짧게 느껴지겠지만, 자신이 불행하다고 느끼는 사람의 삶은 한없이 지루할 것이다. 행복은 누가 만들어주는 것이 아닌 자신 스스로가 만드는 삶의 향기다. 향기로운 인생이 되기 위해서는 모든 것에 있어 참고 견디며 서로 아껴주고 내 몸과 같이 사랑해야 한다. 그렇게 될 때 노부부처럼 행복한 인생으로 거듭날 수 있는 것이다.

제 2부
모든 사람은
행복을 만드는 대장장이다

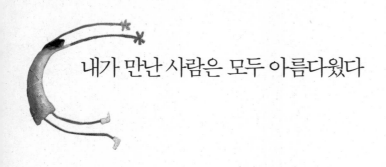

내가 만난 사람은 모두 아름다웠다

잎 넓은 저녁으로 가기 위해서는
이웃들이 더 따뜻해져야 한다
초승달을 데리고 온 밤이 우체부처럼
대문을 두드리는 소리를 듣기 위해서는
채소처럼 푸른 손으로 하루를 씻어놓아야 한다
이 세상에 살고 싶어서 별을 쳐다보고
이 세상에 살고 싶어서 별 같은 약속도 한다
이슬 속으로 어둠이 걸어 들어갈 때

하루는 또 한번의 작별이 된다

꽃송이가 뚝뚝 떨어지며 완성하는 이별

그런 이별은 숭고하다

사람들의 이별도 저러할 때

하루는 들판처럼 부유하고

한 해는 강물처럼 넉넉하다

내가 읽은 책은 모두 아름다웠다

내가 만난 사람도 모두 아름다웠다

나는 낙화만큼 희고 깨끗한 발로

하루를 건너가고 싶다

떨어져서도 향기로운 꽃잎의 말로

내 아는 사람에게

상추잎 같은 편지를 보내고 싶다

이 시를 읽고 나면 가슴 속에서 맑은 시냇물 소리가 졸졸 흐르는 것 같다. 어찌나 마음이 맑아지고 따뜻해지는지 내 마음속엔 이루 말할 수 없는 행복의 물결로 가득 넘쳐난다. 한 편의 시가 이처럼 사람의 마음을 감동 시킬 수 있다니!

시구 하나 하나가 비단결처럼 너무도 곱고 아름다운 시어로 잘 짜여 있다.

이런 시를 쓸 수 있다는 것은 시인으로서 대단한 긍지를 느끼게 할 것이다. 왜냐하면 아무나 이런 시를 쓸 수 없기 때문이다. 이 시를 볼 때 이 시를 쓴 시인은 온유하고 정이 넘치는 마음의 소유자일 것이다. 그렇지 않고서는 이런 시를 절대로 쓸 수 없다.

이 시의 특징은 샘물처럼 맑고 깨끗한 서정이 시 전체를 관통하고 있다. 이 세상에 살고 싶어 별을 쳐다보고 별 같은 약속을 한다는 표현에서 시인은 이 세상을 너무도 사랑한다는 것을 알 수 있다. 이런 마음으로 산다면 그 어떤 시련이 다가와도 능히 이겨내어 스스로를 행복하게 하리라 여겨진다. 그리고 시인은 말한다. 내가 읽은 책과 내가 만난 사람은 모두 아름다웠다, 라고. 이 얼마나 의연하게도 삶을 달관한 자세인가. 이는 삶을 너무도 아끼고 사랑하는 사람만이 할 수 있는 표현이다.

참 아름답도록 멋지고 넉넉한 시가 아닐 수 없다.

톨스토이는 "기뻐하라! 기뻐하라! 인생의 사업, 인생의 사명은 기쁨이다. 하늘을 향하여, 태양을 향하여, 별을 향하여, 풀을 향하여, 나무를 향하여, 동물을 향하여 그리고 인간을 향하여, 기뻐하라!"고 말했다.

삶을 기뻐하는 사람, 그리고 기쁨으로 삶을 사는 사람에겐 거짓도 시기도 멸시도 낙심도 책망도 위선도 없을 것이다. 매사를 기쁨으로 받아들이고 살아가는데 어찌 다른 생각을 할 겨를이 있을까. 기쁨으로 사는 자는 그 자신이 기쁨이기에 그를 아는 사람들에게 기쁨이 된다. 그러기에 인생의 사명은 기쁨이다, 라고 말 할 수 있는 톨스토이는 진정 아름다운 인생의 승리자이다. 그랬기에 그는 그토록 위대한 작품을 남길 수 있었던 것이다.

앞에 시는 이기철 시인의 〈내가 만난 사람은 모두 아름다웠다〉이다. 시인이 이런 시를 썼다는 것은 삶을 기쁨으로 알고 살고 있기에 가능한 것이다. 이런 관점으로 볼 때 이기철 시인은 톨스토이의 인생관을 가장 잘 닮은 시인이 아닐까, 한다.

기뻐하라! 기뻐하고 또 기뻐하라!

인생은 기쁨 속에서 더욱 풍요로워 지고 행복해 지는 것이다.

기쁨을 주는 사람

사람이 살아가면서 사랑하는 이들이나 일상에서 마주치는 사람들에게 기쁨을 줄 수 있다면, 얼마나 감사한 일인가. 이런 사람은 그 어디를 가나 환영을 받고 만나는 사람들에게 호감을 주고 기쁨을 준다.

사람과의 관계에서 꼭 필요한 사람이 되는 것은 참으로 행복한 일이고 은혜로운 일이다. 그러나 만나면 얼굴을 찌푸리게 하고 만남 자체를 곤혹스러움으로 여기게 된다면, 그런 사람은 자신도 불행하고 상대방에게도 불쾌감만 주게 된다. 기쁨을 주는 사람은 슬픔도 고통도

슬기롭게 극복하는 능력을 갖고 있어 늘 그 사람에게선 풀꽃 향기가 물씬 풍겨난다. 그래서 사람들은 그 사람을 기다리게 되고, 그와 같이 언제나 함께 지내길 간절히 바라게 된다.

내가 문예창작을 강의할 때 일이다. 수강생들은 이십대에서 육십대에 이르기까지 매우 다양한 연령층을 이루었다. 이렇게 나이가 층을 이루었지만, 이들 사이엔 문학이란 공통분모가 함께 하였으므로 나이차이에서 오는 생각과 세대의 벽은 그다지 느껴지지 않았고, 매시간이 기쁨과 즐거움이 넘쳐 늘 공부하는 날을 기다리곤 했다. 이런 따뜻한 분위기를 이끌 수 있었던 또 하나는, 수강생 중 B란 사람이 있었다. 그녀는 백리가 넘는 시골에서도 거르지 않고 꼬박꼬박 참석하였고, 성격이 활달하고 유머가 풍부해 나를 비롯한 많은 수강생들에게 늘 웃음과 기쁨을 선물하였다. 사회경험도 풍부해서 선생인 나를 깍듯하게 대하며 예를 다 하였으며 자신보다 연배인 수강생들에겐 선배로서 예우하고, 아랫사람들에겐 자애로운 마음으로 보살피는 애정을 보였다. 이렇듯 언제나 기쁨을 달고 다녔으며 매사를 능동적으로 바라보고 행하는 지혜를 간직한 사람이었다.

지금도 내가 잊지 못하는 것은 그녀의 정성이 매우 향기롭고 지극한 일이다. 문예창작을 개강한 이래 수료하는 2년 동안 언제나 장미한 송이를 내게 선물했다. 맑은 날이나 비 오는 날이나 눈이 오는 날이나 바람이 부는 날이나 늘 그녀의 손에는 정성껏 포장된 빨간 장미 한 송이가 들려져 있었고, 그것을 받아든 나는 즐겁고 감사한 마음으로 강의할 수 있어 강의 시간은 활력이 넘치고 웃음이 떠나지 않는 열정의 나날이었다. 어쩌다 부득이 강의에 빠지게 되면 다음 강의 시간엔 어김없이 빠진 날의 장미 몫까지 가져와 선물하던, 그 고운 정성은 두고두고 나를 행복하게 했다. 뿐만 아니라 때를 맞춰가며 수강생들의 친교를 도모하기 위한 모임을 주선하는 일에도 앞장서서 하고, 수강생들의 대소사에도 사랑과 정성을 기울이는 참 모습은 많은 감동을 주었다. 그녀의 따뜻한 마음은 대외적으로 이어진 봉사활동으로 도지사 표창장을 비롯해 많은 상을 수상하였다.

B는 진정 기쁨을 주는 사람이었다.

세상에는 많은 부류의 사람들이 저마다의 삶을 살아가고 있다. 그러나 많은 사람들이 자신의 생활에서 만족하지 못하고 원망과 분노가 가득한 마음으로 살아가고 있다. 이들에겐 기쁨 대신 불신과 불평만이 난무하고, 남의 잘못은 열을 올려가며 비판하고 자신의 잘못은 인정하지 않으려는 편견과 오만으로 가득 차 있음을 볼 수 있다. 이는 자신이나 주변사람들에게 불쾌하고 불행한 일이 아닐 수 없다. 생각을 바꾸는 지혜가 필요하다. 긍정적이고 능동적인 생각의 에너지로 자신의 마음을 가득 채워야 한다. 불만 대신 넉넉한 마음으로 바꾸고, 남을 탓하는 마음 대신 자신을 반성하고, 자신의 부족함을 겸허히 받아들이는 자세를 가져야 한다. 이런 마음을 가지게 될 때 마음의 여유가 생기고, 배려하고 양보하는 마음이 생겨나 기쁨을 간직하게 되고, 그 기쁨을 사랑하는 이들에게 나누어 줄 수 있게 되는 것이다.

기쁨을 주는 사람은 현실이 참담하고 암울한 시대에 더욱 필요한 사람이고, 이런 사람들이 많을수록 삶의 고통과 아픔의 무게는 줄어들게 될 것이다.

나와 너, 우리 모두는 인생이란 바다를 항해하는 삶의 조각배에 실려진 나약한 존재이다. 삶의 배를 삼킬 듯 풍랑이 일고 거센 파도가 휘몰아쳐도 마음을 함께 모으고, 지혜를 구하고, 서로의 가슴을 달래주고, 따뜻한 눈길로 감싸준다면 우리의 삶은 기쁨으로 넘쳐나 우리 모두를 행복하게 할 것이다.

기쁨을 주는 사람!

기쁨을 주는 사람이 그리운 시대이다. 온 세상이 기쁨을 주는 사람으로 가득 넘쳐나길 나는 소망한다.

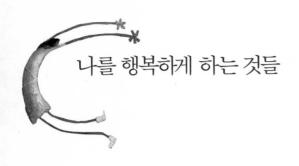

나를 행복하게 하는 것들

사람들이 살아가는 동안 간절한 염원이 있다면 행복한 사람이 되는 것이다. 사람은 누구나 행복한 인생의 주인공이 되길 원한다. 행복이란 인생의 목표이자 신께서 인간에게 주는 기쁨의 선물이다. 그래서 사람들은 이 행복을 사랑의 선물로 받기 위해 애쓰고 노력한다. 그런데 문제는 행복은 그저 오는 것이 아니라는 것이다. 막무가내기식으로 끌어당긴다고 해서 오는 것도 아니고, 돈으로 주고 살 수 있는 것도 아니고 연극을 꾸민다고 해서 오는 것은 더욱 아니다. 행복은 행복해 지기위해 자신의 열정을 바처 최선을 다해 노력하는 가운데 얻게 되는 귀한 인생의 진주이다. 자신의 열정을 바쳐 노력하는 사람 눈엔 행복을 주는 것들이 많이 띠게 된다. 그런데 그런 것들은 대단한 것도 아니고, 멋지고 화려한 것들이 아니다. 또한 비싸고 번쩍번쩍 빛나는 것들도 아니다. 그것은 우리 가까이에서 존재하는 것들이고 너무나 흔해 하찮게 여기는 지극히 작고 보잘것 없는 것들이다.

행복한 사람이 되길 원한다면 눈높이를 낮추고, 마음을 활짝 열고 진정으로 작고 보잘 것 없는 것들까지도 이해하고 받아들이고 품을 줄 알아야 한다.

나도 한 때 행복이 나를 찾아와 주길 바랐다. 그러나 그것이 얼마나 무모하고 어리석고 오만한 일인지를 깨닫는 순간, 내 눈에서는 눈물이 주르르 흘러내리며 가슴은 뜨거운 그 무엇으로 인해 참으로 숙연했었다. 마음의 깨달음을 얻은 후 내가 가장 먼저 한 일은 남을 칭찬한 일이다. 남의 것이 좋아 보일 때 그것을 부러워하지 않고 칭찬하였다. 조금만 상대방이 잘 하는 것이 보여도 그 사람을 칭찬했다. 그 사람이 어린이이든 청소년이든 어른이든 내 아이든 친지든 친구든 그 누구이든 가리지 않고 가장 생명력 넘치는 말로 웃으며 칭찬했다. 그랬더니 내 마음속에서는 기쁨의 샘물이 솟아나며 나에게 행복한 마음이 넘쳐났다. 남을 칭찬해도 행복해 진다는 것을 뼈에 사무치도록 깨닫게 되었다. 그 후 내가 가장 잘 하는 일은 칭찬하는 일이다. 그리고 작은 일에도 감사하게 되었다. 그것이 나와는 전혀 상관없는 일일지라도 그 또한 내 삶에서 만나게 된 소중한 일이라는 생각에서다.

나를 행복하게 하는 것들은 매우 평범하고 소박한 것들이다. 그래서 나는 이럴 때 순진무구한 행복에 빠져든다. 어린이와 엄마가 눈을 맞추고 환하게 웃고 있을 때, 어린이들이 함박웃음을 지을 때, 젊은이들의 패기 넘치는 모습을 볼 때, 버스에서 자리 양보하는 신사를 볼 때, 땀을 흘리며 할머니 짐을 들어주는 청소년을 볼 때, 민원인을 친절한 미소로 대하는 동사무소 직원을 볼 때, 콩나물을 사는 주부에게 덤이라며 한 움큼의 콩나물을 더 담아주는 상인을 볼 때 내 마음에선 풀피리 같은 맑은 행복이 넘쳐난다. 그리고 길가에 옹기종기 피어있는 야생화를 볼 때, 맑고 신선한 공기가 내 몸으로 스며들 때, 밭에 심어진 작고 풋풋한 푸성귀들을 볼 때, 강아지에게 젖을 물린 어미 개를 볼 때, 아기 사자들이 서로 엉켜 뒹굴고 노는 것을 볼 때, 맑은 밤하늘에 초롱초롱 빛나는 별들을 볼 때도 나는 행복을 느낀다. 남들이 보면 별것도 아닌 것을 갖고 웬 행복? 이라며 반문할 지도 모르겠지만 나는 작고 보잘 것 없는 것들이 더 애착이 가고 사랑스럽다.

"행복을 사치한 생활 속에서 구하는 것은 마치 태양을 그림에 그려놓고 빛이 비치기를 기다리는 것이나 다름없다." 고 나폴레옹은 말했다. 이는 크고 높은 곳에서 행복을 찾지 말라는 말이다.

핀다로스는 "우리들 인간은 멀고 높은 곳만 바라보는 버릇이 있기 때문에 정작 발길에 뒹굴고 있는 행운을 볼 줄 모르고 흔히 손에 닿지 않는 것만 추구하고 있다." 고 했다.

이렇듯 진실로 가치 있고 아름다운 것은 눈에 잘 보이지 않는다. 그것은 너무나 소중한 것들이지만 우리와 늘 함께 하기 때문에 그것에 대한 소중함의 가치를 모르기 때문이라는 것을 잊어서는 안 될 것이다. 나를 행복하게 하는 것들을 많이 발견하는 눈을 갖게 될 때 더 많은 행복을 누리게 될 것이다.

어리석은 자는 멀리서 행복을 찾지만 지혜로운 자는 가까이에서 행복을 찾는다. 지금 당신 곁에서 웃고 있는 행복이 있을 것이다. 그 행복을 잡는 당신이 되라.

그런 당신이 진정으로 행복한 사람이다.

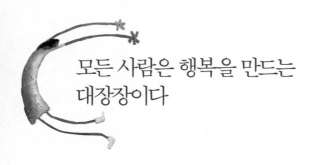

모든 사람은 행복을 만드는
대장장이다

인간의 수명은 그 어떤 동물보다도 결코 짧지 않다. 인간의 수명은 과학과 고도화된 의술의 발달로 점점 늘어나고 있다. 앞으로 수십 년 내로 인간의 수명은 급속도로 늘어나 백세를 사는 것도 시간문제라고 하니 참으로 놀라운 일이다. 비록 유한성을 지닌 존재지만 인간처럼 선택 받은 동물은 그 어디에도 없다.

그런데 그럼에도 불구하고 자신에 대해 불평하고 가족을 원망하고 사회에 불만을 터트리는 목소리는 날마다 높아만 가고 있다.

이 사회는 수많은 모순으로 얽혀 있는 비균형적인 얼굴을 하고 있다. 이런 구조적인 사회에서 꿋꿋하게 버티며 살아가려면 어떤 상황에서도 자신을 지켜낼 수 있는 힘과 절제력을 가져야 한다. 만일 그러지 못한다면 불행의 늪에 빠져 허우적거리며 인생을 고역이라고 여기게 될 것이다. 자신이 그러한 고역의 길에 서지 않기 위해서는 반드시 자기를 절제 할 수 있는 힘을 길러야 한다.

인생의 길엔 두 가지 길이 있다. 가야 할 길과 가지 말아야 할 길이 그것이다. 가야할 길은 자신에게나 타인에게 있어 꼭 필요한 길이지만 가지 말아야 할 길은 자신은 물론 타인에게도 불필요하고 허망한 길이다.

우리가 가야할 길은 즐겁고 행복한 길이다. 그런데 아무나 그 길을 갈 수 없다. 그 길을 가려면 반드시 행복한 일을 찾아 해야 한다. 행복은 행복을 주는 일을 통해서만 취할 수 있기 때문에 저절로 행복이 찾아오길 기대한다는 것은 매우 어리석은 일이다.

"모든 사람은 자기의 행복을 만들어내는 대장장이이다." 라는 서양 격언에서 보듯 사람은 누구나 행복질 수 있는 권리가 있다. 그런데 문제는 행복은 누가 만들어 주는 것이 아니라 자신이 만들어야 한다는 것이다. 결코 남이 내 인생을 대신 살아줄 수 없다. 반드시 내 인생은 내가 만들어야 하고 내 행복도 내가 만들어야 한다. 자신의 인생의 결정권자는 오직 자기 자신이다. 자기 인생에서 일어나는 모든 일의 근본은 자신에게 있다. 그러기에 그 결과 또한 자신의 책임이며 자신의 선택에 달렸다.

행복한 사람에겐 매시간이 짧고 소중하다. 그래서 시간을 남보다 2배 3배로 쓰길 원하고 그렇게 살아간다. 하지만 불행한 사람에겐 매시간이 길고 지루하다. 그래서 이시간이 빨리 지나갔으면 한다. 자신이 행복해 지는 일엔 한 순간도 게을리 하지 않아야한다. 그 한순간 한순간이 모여 기쁨이 되고 행복이 되기 때문이다.

리히텐비르히는 말하길 "오래가는 행복은 정직한 것 속에서만 발견할 수 있다."고 했다. 자신이 오랫동안 행복한 인생으로 살고 행복한 인생으로 남고 싶다면 자신에게 정직하고 최선을 다해야한다.

모든 사람은 행복을 만드는 대장장이이므로.

섶섬이 보이는 방

서귀포 언덕 위 초가 한 채
귀퉁이 고방을 얻어
아고리와 발가락군은 아이들을 키우며 살았다
두 사람이 누우면 꽉 찰,
방보다는 차라리 관에 가까운 그 방에서
게와 조개를 잡아먹으며 살았다
아이들이 해변에서 묻혀온 모래알이 버석거려도
밤이면 식구들의 살을 부드럽게 끌어안아

조개껍데기처럼 입을 다물던 방,

게를 삶아 먹은 게 미안해 게를 그리는 아고리와

소라껍데기를 그릇 삼아 상을 차리는 발가락군이

서로의 몸을 끌어안던 석회질의 방,

방이 너무 좁아서 그들은

하늘로 가는 사다리를 높이 가질 수 있었다

꿈 속에서나 그림 속에서

아이들은 새를 타고 날아다니고

복숭아는 마치 하늘의 것처럼 탐스러웠다

총소리도 거기까지는 따라오지 못했다

섬섬이 보이는 이 마당에 서서

서러운 햇빛에 눈부셔 한 날 많았더라도

은박지 속의 바다와 하늘,

게와 물고기는 아이들과 해질 때까지 놀았다

게가 아이의 잠지를 물고

아이는 물고기의 꼬리를 잡고

물고기는 아고리의 손에서 파닥거리던 바닷가,

그 행복조차 길지 못하리라는 걸

아고리와 발가락군은 알지 못한 채 살았다

빈 조개껍데기에 세 든 소라게처럼

이중섭.

박수근과 함께 우리나라의 대표적인 화가.

그는 일본인 처와 아이들과 함께 제주도 서귀포에 머물며 한 때를 보낸 적이 있다. 그의 가족이 기거하던 방은 두 사람이 눕기에도 부족할 만큼 비좁았다고 한다. 그는 그곳에 머물며 아이들과 수영도 하고 게와 조개를 잡으며 행복한 시간을 보냈다고 한다. 지독히도 가난했지만 이때가 이중섭의 생애에 있어 가장 행복한 시절이었다. 그러나 아내와 아이들을 일본으로 보내고 나서 그의 생활은 완전히 뒤바뀌고 말았다. 그는 아내와 아이들에 대한 그리움을 이기지 못하고 폭음을 하곤 했다. 제대로 먹지를 못해 영양실조에 걸리고 병이 악화되어 그리운 가족을 보지도 못한 채 세상을 떠나고 말았다.

이 시는 이중섭이 가족과 한때 머물던 제주도 서귀포에 있는 집을 방문하고 그 느낌을 쓴 나희덕 시인의 〈섶섬이 보이는 방〉이다.

사람들의 최대 희망사항은 행복하게 사는 것이다. 행복은 삶을 즐겁게 하고 기쁘게 한다. 그래서 사람들은 누구나 행복해지기를 소망하는 것이다.

이중섭이 비록 가난했지만 행복했던 것은 사랑하는 가족이 함께 했기 때문이다. 그러나 그는 행복의 조건이었던 사랑하는 가족과 헤어져 살게 되면서 삶의 의욕을 잃어버리고 불행 속에서 삶을 보냈던 것이다.

행복은 노력에서 온다. 저절로 오는 행복은 없다. 간혹 행운이라 불리는 이름으로 불로소득처럼 오긴 하지만 그것은 어디까지나 행운일 뿐이다.

에머슨은 "오락은 꽃이요, 실무는 뿌리이다. 꽃의 아름다움을 즐기려면 뿌리를 튼튼히 하지 않으면 안 된다." 고 말했다. 뿌리가 부실한 꽃은 제대로 자랄 수 없고 꽃도 생기가 없어 아름답지 못하다. 그래서 거름도 주고 시들지 않게 물도 주고 잡초도 뽑아줘야 한다. 이런 정성과 노력을 기울여야 아름다운 꽃을 피우게 되는 것이다.

이와 마찬가지로 행복은 행복해지기 위해 노력하는 사람들에게 주어지는 인생의 선물이다. 이처럼 소중한 인생의 선물인 행복을 얻고자 한다면 노력하라. 노력하는 자만이 행복해 질 수 있는 것이다.

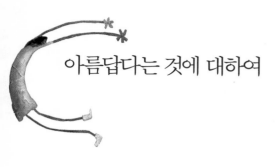

아름답다는 것에 대하여

아름답다는 것은 진실로 즐겁고 행복한 일이다. 아름다운 사람은 사람들로부터 관심의 대상이 되고 그로인해 자신이 행복한 사람이라고 여기게 된다. 이런 외적인 아름다움도 더 없이 행복하지만 내면이 아름다울 때 행복의 가치는 더욱 커진다. 외모가 아름다운 사람들은 외모로 인해 언제나 즐거운 삶을 살지 않는다. 그들에게도 말 못할 고민과 고통이 있고, 남모르는 아픔이 있다. 그들도 눈물을 흘리고 자신의 어리석음을 뉘우친다. 아름답다는 것은 분명 좋은 일이나 아름다움으로 인해 잘못된 삶을 살 수도 있고, 그런 경우를 종종 보게 된다.

인물이 빼어난 사람이 경망스럽고 눈살을 찌푸리게 하는 것을 두고 인물값 한다는 말을 한다. 이런 경우 아름다운 외모가 오히려 그 사람을 비인격자내지는 몰상식한 사람으로 끌어내린다.

요즘은 너도나도 외모에 관심이 참 많다. 무식한 것은 봐 줄 수 있으나 못 생긴 건 절대로 봐 줄 수 없다는 우스꽝스런 말을 하곤 한다. 이는 외모가 개인과 사회에 미치는 영향이 그만큼 심각하다는 것을 시사한다하겠다. 왜냐하면 지나친 외모에 대한 관심으로 정작 내면 가꾸기에는 그만큼 소홀하기 때문이다. 사람과 사람사이를 부드럽고 믿음 있게 만들어 주는 것은 외모에도 있겠지만, 그 보다는 사람 사이에 오가는 말과 행동 내면의 아름다움에 있다고 하겠다.

내면이 아름다운 사람에겐 몇 가지 특징이 있다. 상대방을 배려하는 너그러운 인품, 모두를 아름답게 바라볼 수 있는 마음의 눈, 매사에 긍정적이고 협력하는 자세, 칭찬에 익숙하고 양보에 인색하지 않는 넉넉함이다. 이런 마음을 갖는 것이야 말로 진정한 아름다움이고, 그것을 행하는 사람이야 말로 진정 아름다운 사람이 아닐까.

아름답다는 것이야 말로 가장 인간다운 것이고, 가장 행복한 삶인 것이다.

허브 향처럼

아무리 목석같은 사람도 꽃 앞에선 가슴이 설레고 한없이 부드러워진다. 이는 꽃엔 향기가 있기 때문이다. 이 지구상엔 수많은 꽃들이 있는데 저마다 자기만의 향기를 품고 있다. 향기는 사람들의 기분을 좋게 해주고, 행복한 마음을 갖게 한다. 그런데 꽃에 향기가 없다면 그 꽃은 색깔고운 풀꽃에 불과할 것이다. 언젠가 평창 봉평에 있는 허브마을에 간 적이 있다. 그곳에 들어서자마자 진한 허브향이 코끝을 타고 올라 온몸으로 퍼져 나갔다. 허브향의 그윽함에 흠뻑 취하자 기분이 한껏 고조되었다. 전국적으로 널리 알려진 곳답게 그곳엔 갖가지 허브가 잘 가꾸어져 있었다. 마치 온갖 물감을 흩뿌려 놓은 듯 색깔의 질감이 손끝에 묻어날 것만 같았다. 들뜬 마음으로 이곳저곳을 샅샅이 살피며 철없는 아이처럼 마냥 즐거워했었다. 그리고 허브로 만든 음식을 먹고 차를 마시자 머리가 맑아지듯 상쾌했다. 이런 감정은 그곳에 있던 모든 사람들의 공통된 마음이었다. 그들의 밝고 행복한 표정이 그것을 잘 말해주었다. 그 날 하루는 허브향기에 빠져 너무 행복했다.

사람들 사이에도 허브 같은 향기가 있다면 악한 사람도 미운 사람도 없을 것이다. 그러나 유감스럽게도 사람에겐 허브 같은 향기는 없다. 대신 사람에겐 인격이란 향기가 있다. 상대방을 존중하는 마음, 신뢰하는 마음, 정직한 마음, 믿음을 주는 마음은 인격에서 온다. 그런데 인격은 누구에게나 있는 것은 아니다. 인격은 됨됨이를 갖춘 사람만이 지닐 수 있는 품성이다.

지인 중 K가 있다. 그에겐 사람을 사로잡는 향기가 있다. 그는 정직하고 사람을 편안하게 하고 신뢰하게 하는 인격을 품고 있어, 주변 사람들에게 기쁨을 주고 믿음을 주고 행복을 준다. 그는 궂은일도 앞장서서 하고 남이 꺼리는 일도 마다하지 않으며 비록 손해가 따르더라도 상대방을 위해 기꺼이 양보할 줄도 안다. K이야 말로 사람들 사이에 꼭 필요한 사람이다.

우리는 너나 할 것 없이 향기를 품고 살아야 한다. 누군가가 나를 필요로 하고 누군가에게 의미 있는 사람이야 말로 진정한 인격자요 향기 있는 사람이다.

향기가 있는 사람, 그런 사람이 진정 인격자이다.

눈 뜨는 아침의 행복

아침에 눈을 뜨면 '아, 오
늘도 아침을 맞이할 수 있어 감사합니다.'하고 기도를 한다. 언제부터
인지 모르지만 자연스럽게 이런 기도를 하게 되었다. 그래서 일까, 아
침을 맞을 때마다 감사한 마음이 든다. 첫째는 오늘도 밝은 태양을 볼
수 있어 감사하고, 둘째는 일용할 양식을 먹을 수 있어 감사하고, 셋째
는 내가 사랑하는 사람들을 볼 수 있어 감사하고, 넷째는 내가 좋아하
는 글을 쓰고 책을 읽을 수 있어 감사하다.

무언가를 감사하며 산다는 것은 참 행복한 일이다. 감사하는 삶은 그 자신을 즐겁게 하고 평안한 마음을 심어주기 때문이다. 행복하기를 원한다면 감사한 마음부터 가져야한다. 감사한 마음은 마음이 가난한 사람들에게 많이 온다. 마음이 가난한 사람들은 지극히 작은 일에도 감사하고 행복해 한다. 작은 일에 감사하는 사람들은 큰 일에 감사하는 사람들보다 감사한 일이 그만큼 더 많기에 더 행복할 수 있는 것이다.

어떤 부자가 있었다. 그는 많은 재물과 성처럼 거대한 저택과 많은 하인들을 거느리고 있었다. 그러나 그는 조금도 행복하지 않았다. 그는 늘 얼굴에 그늘이 지고 웃는 법이 없었다. 그래서 사람들은 그를 웃지 못하는 부자라고 말했다.

"돈이 아무리 많으면 뭘 해. 돈을 쓸 줄도 모르고, 인색하기 짝이 없는데."

"그러게 말야. 돈을 모으기만 했지 쓰는 즐거움을 모르잖아."

"정말 불쌍한 사람이야. 안 그래?"

"맞아. 우리는 가진 것은 없지만 즐겁게 살잖아."

"그럼. 그렇고말고……."

사람들은 그를 두고 불쌍한 사람이라고 말했다. 그들의 말을 우연히 들은 부자는 크게 낙담을 하였다. 자신을 보고 인색하고 불쌍한 사람이라는 말에 충격을 받은 것이다.

그러던 어느 날 그는 자신을 불쌍하다고 말한 사람을 조용히 불러들였다.

"내가 어떻게 하면 웃을 수 있을지에 대해 알려줄 수 있겠소?"

"……"

부자의 말에 그 사람은 아무 말도 할 수 없었다. 자칫하다간 낭패를 볼 수 있기 때문이었다.

"왜 아무런 말이 없소?"

"제가 어떻게 그걸……."

"괜찮소. 주저치 말고 말해보시오. 그대가 무슨 말을 하더라도 책임을 묻지 않겠소."

"저, 정말입니까?"

"그렇소. 그러니 말해보시오. 내 약속하리다."

부자의 말을 들은 그는 그제야 안심하고 말했다.

"가난하고 병든 사람들을 위해 후원을 하시는 겁니다."

"그들을 위해 내 재물을 후원하라?…… 그건 무슨 까닭이오?"

"재물을 올바르게 쓰면 행복한 마음이 들기 때문입니다."

"그래요? 나를 위해 쓰는 것도 아니고 남을 위해 재물을 쓰는데 행복해 진다? 그런 괴변이?"

"괴변이 아닙니다. 한 번 그렇게 해 보십시오. 그러면 제 말을 믿을 수 있을 겁니다."

"허허, 그것 참."

부자는 혀를 끌끌 차며 고개를 흔들다가 속는 셈치고 해보기로 하고 가난한 사람들을 불러 음식을 대접했다. 그랬더니 모두들 활짝 웃으며 그를 칭송했다. 그러자 그의 마음속에서 알 수 없는 즐거움이 밀려 왔다.

'재물을 쓰는데도 마음이 이렇게 흐뭇할 수 있다니, 내 어찌 진작에 이를 몰랐던고.'

그는 그 날 이후 가난하고 도움이 필요한 사람들에게 재물을 나누어 주었다. 그랬더니 많은 사람들로부터 존경을 받게 되었고 그의 얼굴엔 잔잔한 미소가 떠나지 않았다. 그는 자신의 도움을 필요로 하는 사람들을 위해 더 많은 돈을 벌었고 그들을 위해 아낌없이 썼다.

사람들은 내 안에 가진 것이 많아야 행복한 줄 안다. 그러나 참된 행복을 아는 이들은 감사하며 살 때 진정으로 행복한 사람이라고 믿는다.

감사하는 마음으로 살자. 감사한 마음을 갖고 살면 크던 작던 감사한 일이 생기게 될 것이다.

감사할 줄 아는 사람이 최고의 미덕을 아는 인생이다.

풀

나는 풀을 꽃보다 더 좋아
한다. 풀은 산과 들을 푸르게 하고 아파트 꽃밭이나 돌 틈은 물론 흙이
있는 곳이라면 어디든지 뿌리를 내리며 피어난다. 특히, 콘크리트바
닥 미세한 틈새를 뚫고 솟아오른 풀을 보면 그 경이로움에 감탄이 절
로난다. 어떻게 고 작고 여린 몸으로 딱딱한 콘크리트바닥틈새로 피
어날 수 있는지, 그저 놀라울 뿐이다.

풀은 있는 듯 없는 듯 사람들의 시선을 끌지는 못하지만 절대로 없
어서는 안 될 자연의 소중한 일원이다. 풀이 있으므로 산과 들은 푸름

으로 가득하다. 풀은 사람들에겐 안온한 마음을 갖게 하고 초식동물들에겐 일용할 양식이 된다. 풀은 화려한 꽃에 비해 생김이 너무 단조롭고 볼품이 없지만 풀이 없다면 자연은 삭막한 벌판 같이 변해 버릴 것이다. 풀이 자연에서 차지하는 비중은 극히 미약하나 자연과 인간에게 미치는 영향은 실로 막대하다하겠다.

이처럼 풀은 자연에 있어 보조출연자에 불과 하지만 자연을 충만하게 하고 평화롭게 하는 배경이 되어준다. 자연에 순응하면서도 그 자연을 조화롭게 이어주는 풀의 초연함을 닮고 싶다. 그래서 일찍이 시인 김수영은 풀은 누울 때 눕고 일어설 때 일어설 줄 안다고 했다. 풀의 강인한 생명력과 그 속성을 너무도 잘 간파한 시인의 예리한 관찰력이 실로 놀랍다.

나는 풀과 같은 사람이 되고 싶어 호를 초우草友라고 했는데, 이는 글자 그대로 풀 친구라는 의미이다.

풀이 좋아
호를 초우草友 라고 했다.

풀이 나를 어떻게 생각할 지도 모르고
풀의 친구라 스스로 명명했나니

불쾌하지나 않았는지 모를 일이다.

풀이 사랑스러워
호를 초우草友라 했다.

내가 부족한 점이 있어도
맘에 들지 않는 구석이 있어도
너의 부드러움으로 나를 받아 주겠니

풀아,
내 사랑스런 벗이여.

이는 〈초우草友〉라는 시다.
　나는 풀 같은 존재는 못되고 풀 친구 정도는 될 수 있을 것 같아서 써
보았다. 어쩌면 이것조차도 나의 오만은 아닐까, 하여 심히 염려스럽
기까지 하다. 하지만 어찌하랴. 나는 풀이 너무 좋은 걸.
　풀과 같은 인생을 살고 풀과 같은 이름으로 남고 싶다.

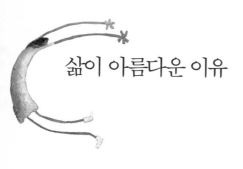

삶이 아름다운 이유

죽음의 문턱에서 살아난 사람들은 하나같이 이렇게 말한다.

"아, 살아 있다는 것은 가장 아름다운 축복입니다. 산다는 것이 이렇게 기쁘고 감사한 일인지 예전엔 미처 몰랐습니다. 이젠 그 어떤 일이 있더라도 삶의 즐거움을 맘껏 누리며 살겠습니다."

참으로 의미 있는 말이다.

어떤 젊은이가 있었다. 그는 사랑하는 여자에게 실연을 당해 그 충격을 이기지 못하고 쥐약을 먹고 자살을 기도했다. 온 집안이 발칵 뒤집히고 늙은 어머니는 한동안 실어증에 걸렸다. 그의 어머니가 50이다 되어 낳은, 집안의 막내이다 보니 가족들은 온갖 정성을 다 기울여 그의 목숨이 되살아나길 기원했다. 가족들의 간절한 눈물의 기도와 정성으로 다행히도 의식을 잃은 지 사흘 만에 젊은이는 죽지 않고 살아나서 가족과 친구들에게 기쁨을 주었다. 의식을 찾은 그는 닭똥 같은 눈물을 뚝뚝 흘리며 자신의 어리석음에 대해 참회하였다. 그리고 자신의 목숨은 자신만의 것이 아니라 생명을 주신 부모님과 피를 나눈 형제들과 친구들의 것이라는 것을 알았다. 그는 퇴원 후 매우 열정적으로 자신의 삶을 일구어 행복하게 살아가고 있다.

　살아 있다는 것, 살아서 푸른 하늘을 보고 사랑하는 이들과 어울려 기쁨을 나누며 산다는 것은 참으로 행복한 일이다.

　　살아 있다는 것은
　　즐거운 일이다.
　　살아 있다는 것은
　　생명이 넘치는 일이다.

　　살아 있다는 것은

기쁜 일이다.
살아 있다는 것은
신나는 일이다.

살아 있으므로 오늘을 살고
내일을 향해 간다.

살아 있다는 것은
밝고 환한 세상을 보는 일이다.
살아 있는 것들을 보라
모두가 하나같이 어여쁘구나.

살아 있다는 것은
감사한 일이다.
살아 있다는 것은
그것만으로도
하늘의 고귀한 은총이다.

- 삶이 아름다운 이유

사람 꽃

사람 꽃. 사람만큼 아름답고 영리한 동물은 지구상 그 어디에도 없다. 사람은 모든 만물의 으뜸이며 지혜롭고 창의적이다. 또한 조직적이고 계획적이고 예지적이고 통찰력을 지녔다. 게다가 뜨거운 가슴도 있어 열정적으로 사랑할 줄도 알고 상대방의 아픔도 이해할 줄 알며 어려운 처지에 있는 사람들을 도울 줄도 안다. 그리고 사교적이고 친밀감을 나눌 줄도 알고 양보할 줄도 알며 새로운 것에 대한 적응력도 빠르다. 이렇듯 사람은 창조주로부터 가장 선택받은 존재이다.

그런데 이토록 선택받은 사람들 중엔 남에게 해악을 끼치고, 아픔을 주는 이들이 적지 않다. 그런 사람들을 보면 같은 사람이라는 것에 혐오감이 들 때도 종종 있음을 느끼게 된다. 그러나 다른 한편엔 사랑을 나누어 주고 행복을 베푸는 이들 또한 적지 않다.

포장마차를 하며 국수를 팔아 모은 돈으로 복지시설에 후원하는 포장마차 주인, 붕어빵을 팔아 독거노인들의 겨울 내복을 지원하는 붕어빵 장사, 자신 또한 장애를 가졌음에도 택시를 운전하며 장애우를 돕는 택시기사, 구두를 닦고 수선을 하며 모은 돈으로 소녀 가장을 돕는 구두수선공, 휴일마다 양로원을 찾아다니며 어르신들의 머리를 깎아 주는 미용봉사회 사람들, 박봉의 봉급을 쪼개 백혈병을 앓는 어린이를 후원하는 경찰관, 폐지를 수거하여 모은 돈으로 경로당 난방비를 지원하는 아파트 경비원 등 우리주변을 돌아보면 오른 손이 하는 일을 왼손이 모르게 하는, 그야말로 이름도 없이 빛도 없는 사람들이 있다. 이들은 자신의 이름을 내기 위해서도 아니고, 공명심을 위한 것은 더더욱 아니다. 오로지 그 일이 좋아서 즐거운 마음으로 하는 것이다. 그러니 이들이 어찌 꽃보다 아니 아름다울 수가 있을까. 이들이야말로 살아 숨 쉬는 사람 꽃인 것을.

괴테는 말하기를 "기쁜 마음으로 행하고, 그리고 행한 일을 기뻐 할 수 있는 사람은 행복하다." 했다. 그리고 힐티는 이르길 "행복도 하나의 기술이다. 즉 자기 자신에게서 발견하는 기술이 필요하다."고 했다. 괴테나 힐티의 말을 빌면 무슨 일을 할 땐 기쁜 마음으로 하고, 자신 스스로가 만족할 수 있는 일을 행하라는 것이다.

옳은 말이다. 재물이 아무리 산더미처럼 쌓여있어도 스스로 만족하지 않으면 진정 행복을 알 수 없지만, 가난함 속에서도 나눔의 기쁨을 발견한 사람은 정녕 행복한 사람인 것이다.

이처럼 스스로 행하고 자신이 행한 일을 통해 스스로 행복할 줄 아는 사람들은 모두가 사람 꽃인 것이다. 인간의 본질이 퇴색하고 감정이 메말라가는 작금의 현실에서 활력을 주고 생의 기쁨을 주는 사람 꽃이 온 세상 구석구석을 인정의 향기로 가득 채워지는 그날이 오길 소망하며 S · 존스의 말을 가만히 되새겨 본다.

"인생은 짧다. 그러기에 인생을 어떻게 보내야만 될까, 하고 게으른 심사숙고를 하는데 인생의 대부분을 지나쳐 버려서는 안 될 것이다."

가까운 행복

아침에 창을 열었다

여보! 비가 와요

무심히 빗줄기를 보며 던지던

가벼운 말들이 그립다

오늘은 하늘이 너무 고와요

혼잣말 같은 혼잣말이 아닌

그저 그렇고

아무렇지도 않고 예쁠 것도 없는

사소한 일상용어들을 안아 볼을 대고 싶다

너무 거칠었던 격분

너무 뜨거웠던 적의

우리들 가슴을 누르던 바위 같은

무겁고 치열한 싸움은

녹아 사라지고

가슴을 울렁거리며

입이 근질근질 하고 싶은 말은

작고 하찮은

날씨이야기 식탁 위의 이야기

국이 싱거워요?

밥 더 줘요?

뭐 그런 이야기

발끝에서 타고 올라와

가슴 안에서 쾅 하고 울려오는

삶 속의 돌다리 같은 소중한 말

안고 비비고 입술 대고 싶은

시시하고 말도 아닌 그 말들에게

나보다 먼저 아침밥 한 숟가락 떠먹이고 싶다

이 시는 신달자 시인의 〈여보! 비가 와요〉이다. 이 시를 읽고 나니 많은 생각이 교차한다. 사랑하는 이가 곁에 없지만 예전에 무심코 던지던 "여보! 비가와요."란 시인이 말이 왜 그리도 내 가슴에 절절하게 다가오던지. 갑자기 코끝이 찡해지며 가슴이 뜨끔거린다. 반성할 일이 많은 까닭이다.

인간은 유한성을 지닌 존재다. 천년만년 살 것 같이 굴지만 백년도 못 사는 나약한 존재다. 그런데도 어떤 사람들은 자신만이 이 세상에서 다인 양 경거망동하며 삶을 산다. 사랑해서 결혼한 사람들조차도 서로 반목하고 질시하고 미워하는 삶을 살다 결국은 갈라서고 만다. 물론 어쩌지 못하는 불가항력적인 경우도 있지만. 그러나 삶을 좀 더 따뜻하게 관조하며 사랑하며 살아야 하지 않을까. 늘 같이 있는 것 같지만 어느 샌가 자신 곁을 떠나고 없는 사랑하던 사람을 생각하면 서글퍼지는 그리움에 목이 메는 게 인생이다.

"국이 싱거워요?", "밥 더 줘요?"라는 시구에서 사랑스럽도록 정겨움이 물씬 풍겨난다. 전율이 일만큼 가슴이 따뜻해지는 말이다.

어떤 시인부부가 있었다. 그들은 결혼 한지 30년 되도록 행복하게 살아왔다. 항상 둘이 붙어 다니고 서로를 떠받들며 남들이 부러워하는 애정을 과시하며 살았다. 남편은 항상 아내를 사랑으로 감싸주었고 아내는 믿음과 공경심으로 남편을 감싸주었다. 언제나 함께 둘이 하나가 되어 다녔다. 그런데 어느 날 갑자기 아내가 사고로 세상을 뜨고 말았다. 그 후 남편은 절망의 강물에 빠져 하루하루를 물위를 걷듯 휘청거리며 살았다. 그에겐 반가운 사람도 없었고 맛있는 것도 없었고 멋진 것도 없었고 오직 먼저 간 아내만이 있었다. 그는 아내가 떠난지 3년이 넘도록 한 주도 거르지 않고 아내가 잠들어 있는 곳을 다녀온다. 그의 가슴엔 온통 먼저 간 아내 생각으로 꽉 차 있었다.

신달자 시인의 〈여보! 비가 와요〉는 사랑했던 이에 대한 간절한 그리움이 물씬 배어있다. 시인은 그러한 자신의 마음을 시시하고 말도 아닌 늘 하던 그 말들에게 자신 보다 먼저 밥 한 숟가락 떠먹이고 싶다, 고 말한다.

사랑하며 살자.
행복은 언제나 가까이에 있다.
한 번 뿐인 인생 신나고 거침없이 살자.
때때로 화가 나고 미워지고 짜증이 나는 일이 있어도 조금만 더 아주 조금만 더 참으며 살자. 내 인생길에서 동무가 되어준 사랑하는 사람들을 조금은 더 아끼고 배려하고 용기를 주고 위로해주고 미치도록 사랑하며 살자.
그리고 지금 이순간 자신의 곁에 있는 사람에게 사랑한다고 말해주

자. 너는 내 운명이라고. 그래서 너를 너무 사랑한다고 환하게 웃으
며 말해주자.

행복의 기쁨

사람들이 살아가는 동안 쉬이 잊고 사는 게 있다면 행복은 가까이에 있고 그것은 지극히 작고 사소하다는 것을 모른다는 것이다. 이는 행복을 멀리서만 찾으려고 하기 때문이다. 그리고 크고 화려하고 좋은 것만 행복을 준다고 믿는다. 그런데 여기서 알아야 할 것은 행복의 가치기준이 낮은 사람일수록 행복을 느끼는 정도가 크다는 것이다. 이런 유형의 사람은 작고 보잘 것 없는 하찮은 것에서도 행복을 느낀다. 우리의 삶에 있어 크고 좋은 것, 멋지고 근사한 것은 그렇지 않은 것에 비해 상대적으로 적다.

그러다 보니 좋은 것에서 멋진 것에서 행복을 찾으려고 하는 사람은 그만큼 행복을 느끼는 확률이 적은 것이다. 자신이 남보다 더 많은 행복을 누리며 살고 싶다면 행복의 가치 기준을 낮춰라. 행복의 가치기준을 낮추는 만큼 행복을 느끼게 되는 것이다.

지금 자신의 주위를 둘러보라. 누가 있고 무엇이 있는 지를.

고개를 옆으로 살짝만 돌려도 사랑하는 가족, 친구들, 직장동료들, 사랑하는 사람 그리고 자신이 좋아 하는 일이 있다. 그런데 사람들은 대개가 자신의 주변 사람들이나 자신이 하는 일은 당연한 것으로 여기는 속성이 있다. 이들이 행복의 원천이며 기쁨의 에너지인데도 그것을 잊고 살아간다. 자신이 진정으로 행복한 인생이 되고 싶다면 이런 자신의 생각을 조금만 바꾸면 된다. 조금만 바꾸면 더 많은 행복을 느끼게 된다. 그러나 생각을 바꾸지 않으면 행복을 주는 대상을 곁에 두고도 자신을 불행하다고 여겨 삶을 고통으로 느끼게 된다.

묵자는 "만족한 마음을 가질 수 없는 사람은 결코 만족한 생활을 할 수 없다." 고 말했다.

옳은 말이다.

행복은 그것을 담아내는 그릇의 크기에 있는 것이 아니라 마음먹기에 따라 만족한 생활을 할 수도 있고 그렇지 못할 수도 있다. 만족한 마음이란 곧 행복을 말함이다. 그렇다면 행복의 채널에 당신의 눈높이를 맞춰라. 그것이 풍요로운 행복으로 가는 지혜로운 선택이다.

경비원 K씨

현대는 메마른 사막과 같아 하루를 살아가는 것조차 점점 우리를 힘들게 한다. 국민소득은 높아지고 경제 수준이 나아진 반면 그만큼 더 바삐 몸을 움직여 자신에게 주어진 일을 해야 한다. 그러다보니 시간에 쫓겨 삶의 여유는 사라지고, 마음은 사막처럼 메말라 모래바람을 일으킨다.

이런 마음 상태에서 타인을 배려하고 사랑한다는 것은 힘든 일이다. 하지만 이럴 때일수록 마음의 여유를 찾아야 한다. 그러지 않는다면 자신에게나 타인에게 득이 될 일이 없기 때문에 메마른 마음을 맑게 정화시켜야 한다.

거친 마음 밭을 옥토로 가꾸기 위해서는 고운 정서를 갖게끔 '마음의 비타민'을 섭취해야 한다. 마음의 비타민으로는 정서를 풍부하게 해 주는 시집이나 에세이집, 소설집 등의 양서가 좋겠고 음악 감상, 미술 감상, 자신에게 맞는 취미 활용도 좋을 것이다. 또한 향기로운 사람을 만나 교류하며 서로의 마음을 나누는 것도 지친 마음과 몸을 푸는 데 있어 매우 유익한 일이 될 것이다. 사람이란 결국 사람 숲에서 부대끼고 그 숲에서 꿈을 이루고 살아가는 존재이기 때문이다.

내가 사는 아파트에 K라는 경비원이 있다. 그는 약간 말이 어눌한 편이지만 아는 것도 많고 눈빛이 선하고 모든 사람들에게 친절하고 겸손해 그를 보고 있으면 마음이 편해진다. 그는 책 읽는 것을 참 좋아하여 그가 무언가에 열중하여 읽는 모습이 무척 정겹다. 그리고 그는 틈만 나면 아파트 주변을 돌며 떨어져 있는 종이나 작은 담배꽁초 하나도 남김없이 주워 아파트가 항상 깨끗하다. 어쩌다 베란다를 통해 내려다 볼 때나, 외출을 할 때 그를 보면 한시도 가만히 있질 않는다. 그의 그런 행동은 경비원으로서의 본연의 의무를 다하는 것보다는, 오랜 동안 몸에 밴 습관처럼 보여 그 사람의 됨됨이가 한층 더 반듯해 보인다. 그는 정서가 맑고 푸르러 인정이 샘솟는다. 그런 사람이 내가 사는 아파트에서 근무한다는 것이 즐겁고 기분이 좋다. 그런데 경비원 K씨가 나를 난처하게 할 때가 종종 있다.

　　어느 날은 몇 번씩 마주칠 때가 있는데 그럴 때마다 "선생님, 이제 오십니까?" 또는 "선생님, 지금 나가십니까?"라고 말하며 허리를 거의 육십도 각도로 숙여 정중히 인사를 한다. 그보다 열 살도 훨씬 더 어린 내가 몸 둘 바를 몰라 그러지 말라고 손사래를 쳐도, 그는 한사코 훌륭한 글을 쓰는 작가 선생님은 높이 받들어야 한다며 깍듯이 예우를 한다. 난처한 마음이 들다가도 내 가슴 깊은 곳에서는 이루 말할 수 없는 기쁨의 강물이 흐른다.

　　그에겐 진한 삶의 향기가 있어 나는 그를 볼 때마다 그 어떤 꽃에서보다도 진한 향기를 맡는다. 그 향기는 참으로 맑고 곱고 향기로워 오랫동안 내 가슴을 따뜻하고 풍요롭게 만든다. 그래서일까. 간혹 그를 보지 못하고 지나치기라도 하는 날은 가슴 한 구석이 허전하고 서늘하다.

　　그의 말과 행동은 기쁨을 주는 악기가 되어 늘 즐거운 삶의 음악을 연주한다. 조건 없이 남을 즐겁게 하고 기쁘게 한다는 것은 참으로 은혜로운 일이다. 그러기에 그의 삶은 생각만으로는 절대로 할 수 없는 일이다. 그것은 깊이 우려낼수록 뽀얗게 우러나는 사골처럼, 평소에 마음과 몸에 깊숙이 습관화 되어야 할 수 있는 아름다운 행위인 것이다.

여러모로 부족하고 성숙하지 못한, 자신의 막내 동생뻘 되는 나를 작가라는 이유 하나만으로 극진히 대하며 변함없는 모습을 보여주는 그는 내 마음속의 성자聖者이다. 그래서 좋지 않은 일로 마음이 불편할 때나 마음이 우울할 때 그를 생각하면, 어느새 내 마음속엔 고요한 평온이 찾아와 마음이 안정된다.

"이 세상의 참다운 행복은 남에게서 받는 것이 아니라 내가 남에게 주는 것이다. 그것이 물질이든 정신적인 것이든 사람에게 있어 가장 아름다운 행동이기 때문이다." 라고 아나톨 프랑스가 말했듯이 그는 진정한 삶의 행복과 기쁨을 알고 실천하는 '삶의 오아시스' 같은 사람이다. 시간이 흐를수록 경제 수준은 높아지고 그에 따른 사회적 변화도 몰라보게 달라질 것이다. 급격히 사회가 변할수록 사람들의 마음은 더욱 메말라가고 강퍅해 진다. 그럴 때일수록 독서를 하고, 다양한 취미생활을 통해 정서를 풍부하게 길러 서로가 서로에게 '삶의 오아시스'가 되어야 한다.

현명한 사람은 자신의 마음을 상황에 맞게 조율하나 미련한 사람은 자신의 마음의 지배를 받는다. 삶의 지배를 받는 사람이기보다는 그 어떤 삶도 자신의 의지대로 끌고 가는 사람이 작금昨今의 현자賢者가 아닐까 한다.

삶의 오아시스인 경비원 K씨는 이런 점에서 볼 때 작금의 현자임에 조금도 부족함이 없을 것이다.

희망을 주는 사람

희망은 꽃보다 아름답고
아침이슬보다 맑다. 너무 맑고 고와서 하루 종일 가슴에 품고 있어도
늘 새롭고 처음인 듯 상쾌한 마음이다. 그것은 희망이란 말속엔 사람
을 기쁘게 하고 용기를 주고 꿈을 주는 에너지가 들어있기 때문이다.
그래서 '희망'이란 말은 이 세상 그 어떤 말보다도 사람들에게 친숙하
게 다가온다.

사람이 어떤 생각을 가슴에 품고 있느냐에 따라 희망을 주는 사람
이 될 수도 있고, 절망을 주는 사람이 될 수도 있다.

희망을 주는 사람의 얼굴엔 늘 햇살 같은 미소가 담겨 있다. 눈은 선하고 입술은 부드러우며, 하는 이야기 마다 상대방을 편안하게 하고 배려하는 마음이 배어 있다. 이런 사람들 마음엔 기쁨의 꽃밭이 있어 진한 삶의 향기를 풍기는 행복의 꽃들을 피워내는 것이다.

원주에 '밥상공동체'라는 봉사 단체가 있다. 이 단체에서 하는 일은 독거노인들이나 불우한 이웃, 노숙자들에게 쉼터를 제공하고 먹을 것, 입을 것은 물론 취업을 알선하여 희망을 잃고 눈물과 한숨에 젖어 절망 속에 빠진 사람들에게 새로운 희망을 불어 넣어주는 일이다.

H 목사. 이 일을 처음 시작한 이래 십 년 가까이 계속해 오고 있다. 그는 이 일을 자신의 평생 과업으로 알고 음지에서 희망의 꿈을 퍼 올리는 일에 묵묵히 최선을 다 하고 있다. 그의 모습이 아름다운 것은 희망을 잃은 사람들에게 새로운 희망을 주기 때문이다. 밥상공동체가 이 일을 시작한 이래 실로 많은 독거노인과 불우이웃, 노숙자들이 잃어버린 희망을 찾았다고 한다. 환하게 웃으며 진심으로 감사해 하는 그들의 모습에서 희망을 주는 일이 얼마나 값지고 보람 있는 일이라는 것을 새삼 깨닫는다. 그리고 한 사람이 뿌려 놓은 희망의 씨앗이 나만 아는 사람들에게 또 다른 나를 보게 하는, 참 마음을 지니게 하고 더 아름다운 삶을 살 수 있는 눈을 길러 준 것이다. 그리고 그 희망은 H 목사가 밥상공동체 일을 하면서 힘든 일을 만날 때마다 그에게도 용기와 꿈을 주어 앞을 보고 나아가게 했다.

그러나 절망을 주는 사람의 얼굴엔 늘 불평불만의 그늘이 짙게 드리워져 있고 침침한 동굴과 같은 눈을 하고 있을 뿐만 아니라, 그 입에서 나오는 말들은 부정적이고 남에게 상처를 주는 말들뿐이다.

어떤 아이가 있었다. 이 아이는 자신의 집이 가난함을 비관하여 늘 불평을 쏟아 놓으며, 동네 아이들과 싸움을 일삼고 남의 물건을 훔쳐 대어 소년원을 제집처럼 들락거렸다. 그 아이는 자신을 위해 눈물을 흘리며 만류하는 어머니의 가슴에 마구 못질을 해대는 일만 골라서 했다. 그 아이 역시 그의 어머니에게는 사랑스런 아들이었다. 그러나 그 아이는 그런 어머니의 애틋한 마음을 매몰차게 외면해 버렸다. 그는 청년이 되어서도 여전히 싸움질을 해댔고 도둑질을 일삼는, 부모에게나 형제들에게 아주 골칫거리였다. 부모나 형제 그리고 이웃들이 따뜻한 눈길을 주어도 한번 삐뚤어진 그의 마음은 여전히 변함이 없었고 교도소에서 나온 그는 절망 속에 묻혀 지내다가 결국은 약을 먹고 자살하고 말았다. 늘 절망하며 불평 속에 살던 그는 영원한 절망의 바다에 빠지고 만 것이다.

희망을 품고 사는 것과 절망을 품고 사는 것은 이렇게 엄청나게 다른 결과를 몰고 온다.

그렇다면 어떤 삶을 살아야 하는지는 명약관화이다. 희망을 품은 사람이 되어야 한다. 아무리 칠흑 같은 참담한 상항에서도 희망을 잃지 말아야 한다. 그 희망을 잃어버리는 순간 그 사람의 삶도 실의에 빠지게 되고 허망한 종말을 맞게 된다.

어느 날 탄을 캐는 굴이 무너지고 말았다. 앞이 보이지 않는 어두운 굴속에 갇혀 살아남은 사람들 사이에 현격한 차이를 보이는 현상이 발생했다. 한사람은 동료들에게 살 수 있는 희망을 놓지 말라고 했고, 또다른 사람은 이제 우리는 죽은 목숨이라며 가슴을 치며 한탄했다. 두사람 사이에 팽팽한 긴장감이 감돌았다. 기도를 하는 동료를 향해 야유와 욕설이 쏟아졌다. 그렇지만 그는 희망을 잃지 말아야 한다며 끝까지 용기를 주었다. 하루가 가고 이틀이 가고 나흘이 가고 변화 없는 생활 속에 지친 다른 동료는 희망을 잃은 채 죽고 말았다. 그러나 희망을 품고 살 수 있다고 믿은 사람은 그의 희망대로 살아날 수 있었다.

희망이란 참으로 따뜻하고 위대한 용기이다. 그리고 희망을 주는 사람은 가장 아름다운 사람이다.

제 3부

내 마음의 정원

내 마음의 정원

내 마음의 정원에
그대 이름으로 빛나는 꽃송이들을
하나 가득 피우겠어요.

노랑꽃, 빨강꽃, 파랑꽃
가지가지 그대 마음을 엮어
일 년 열두 달 삼백 예순 날 지나도록
그대 향기에 흠뻑 취하고 싶어요.

혹시라도
내 마음의 정원에
다른 꽃일랑은 절대로
피우지 않겠어요.

오직, 그대 꽃송이들로만
가득 넘치도록
또 채우고 채우겠어요.

 갖가지 꽃들이 가득 피어있는 정원은 바라만보아도 너무나 아름답
다. 그리고 온몸을 상쾌하게 만드는 꽃들의 향기는 사람들의 마음을
사로잡기에 조금도 부족함이 없다. 그런데 그 정원에 사랑하는 사람
이 좋아하는 꽃들만 가득 피워놓는다고 생각해 보라. 그것을 보는 순
간 사랑하는 사람은 한동안 깊은 감동에서 헤어나지 못할 것이다.
 당신이 진정한 사랑을 받기 원한다면, 당신의 마음에 사랑하는 사
람만을 위한 '마음의 정원'을 꾸며라. 그리고 그 정원엔 사랑하는 사람
으로만 가득 채워라. 또한 항상 사랑하는 사람의 향기만 생각하라. 당
신에게 온 마음으로 사랑받고 있다고 믿는 순간, 당신이 사랑하는 사
람은 자신의 사랑을 당신에게 넘치도록 부어 줄 것이다.

따뜻한 별 하나 갖고 싶다

별을 보면
이 세상 모든 슬픔과 아픔을
어루만져 다독여 줄 것만 같다.

시시때때로 나도 모르게 시린 가슴이 될 땐
야윈 두 뺨 위에 흘러내리는
차가운 눈물을 닦아줄
따뜻한 별 하나 갖고 싶다.

별을 보면
이 세상 모든 사랑과 평화를
따스하게 품어 안고 있을 것만 같다.

내 사랑이 모자라
사랑하는 이가 눈물을 보일 때나
내 이기심이 사랑하는 이를 분노하게 할 땐
허허로운 내 빈 가슴을 가득 채워 줄
따뜻한 별 하나 갖고 싶다.

별을 보면
새 하얗게 반짝이는 별이 되어
내가 사랑하는 모든 이들에게
죽어서도 사라지지 않을
따뜻한 별 하나 남기고 싶다.

깜깜한 밤하늘에 빛나는 별들을 바라보면 마치 수많은 보석을 흩뿌려 놓은 것처럼 아름답다. 그 광경은 황홀할 정도로 내 마음을 사로잡는다.

나는 별을 무척이나 좋아한다. 그래서 밤이 되면 항상 하늘을 바라본다. 특히 날씨가 맑은 날 바라보는 별들은 더욱 내 마음을 사로잡는다.

어린 시절엔 별을 따서 예쁜 유리병에 넣어두고 싶은 마음이 너무도 간절했었다. 그래서 그런지 지금도 별을 끔찍이도 좋아한다.

사람들은 쉽게 가질 수 없는 것들에 대해 애착이 많다. 다이아몬드는 너무 비싸 대개의 사람들이 가질 수 없어 애착을 갖는 것처럼, 사람들이 별을 좋아하는 이유도 별은 가질 수 없기 때문이다.

이 시에서의 따뜻한 별은 '아름답고 변함없는 사랑'을 말한다. 진실한 사랑만 있다면 세상의 슬픔도 아픔도 고통도 다 이겨낼 수 있다. 또한 가슴에 사무친 미움과 분노도 다 녹여 낼 수 있다. 이처럼 소중한 사랑을 자신이 사랑하는 사람들에게 맘껏 퍼 주어라. 사랑은 자신이 주는 만큼 반드시 되돌려 받는다. 자신이 더 많은 사랑을 받고 싶다면, 더 많은 사랑을 베풀어라.

따뜻한 별은 진실한 사랑인 것이다.

별을 사랑하는 마음으로

별을 바라보는 마음으로

그대를 바라보면

그대 또한 해맑은 별이 됩니다.

별을 꿈꾸는 마음으로

그대를 그려보면

그대 또한 눈부신 별이 됩니다.

별을 사랑하는 마음으로
그대를 헤아려 보면
그대 또한 별을 사랑하는 마음으로
나를 사랑합니다.

사랑은 영원히 타오르는 불꽃
사랑은 그 언제까지나
시들지 않는 영혼의 향기

별을 헤아리는 마음으로
그대를 바라보면
그대 또한 별을 헤아리는 그 사랑으로
나를 사랑합니다.

　"인간의 사랑은 인간의 위대한 영혼을 더욱 위대한 것으로 만든다."
라고 실러는 말했다. 인간에게 있어 사랑은 삶의 근원이며 이상이다.
사랑 없는 인생은 휘발유 없는 자동차와 같다. 인간은 사랑을 통해서
만 인간다울 수 있고, 아름다운 영혼을 간직할 수 있는 것이다.
　사랑은 둘이 하는 것이다. 둘이서 서로에게 인생의 의미가 되어주

는 것이다. 둘이 하는 사랑은 보기에도 좋고 행복하다. 그러나 혼자 하는 사랑은 쓸쓸하고 외롭고 슬프다.

이 시에서 보듯 별을 바라보는 마음으로 사랑하는 이를 바라보고, 별을 꿈꾸는 마음으로 사랑하는 이를 그려보고, 별을 사랑하는 마음으로 사랑하는 이를 사랑하라고 했다. 그러면 자신이 했던 그대로 사랑하는 이에게 사랑을 받을 수 있다.

사랑을 받으려고만 하지마라. 받으려고만 하는 사랑은 이기적인 사랑이다. 이런 사랑은 자신에게나 사랑하는 이에게 쓸쓸함만 남겨줄 것이다. 그렇다고 사랑을 주려고만 하지마라. 주는 사랑은 아름답지만 사랑은 주고받을 때 더욱 참다운 것이다.

지금 사랑하라!

더 늦기 전에, 서로를 뜨겁게 사랑하고 사랑하라.

산책

참으로 당신과 함께 걷고 싶은 길이었습니다
참으로 당신과 함께 앉고 싶은 잔디였습니다
당신과 함께 걷다 앉았다 하고 싶은
나무 골목길 분수의 잔디
노란 밀감나무 아래 빈 벤치들이었습니다
참으로 당신과 함께 누워 있고 싶은 남국의 꽃밭
마냥 세워 푸르기만한 꽃밭
내 마음은 솔개미처럼 양명산 중턱

따스한 하늘에 걸려 날개질 치며

만나다 헤어질 그 사람들이 또 그리워들었습니다

참으로 당신과 함께 영 걷고 싶은 길이었습니다

당신과 함께 영 앉아 있고 싶은 잔디였습니다

함께 걷고 싶은 사람이 있다는 건 정말 행복한 일이다. 함께 잔디밭에 앉아 마주 보며 웃을 수 있는 사람이 곁에 있다는 건 무척 감사한 일이다.

다정한 모습으로 어깨를 나란히 하고 산책하는 남녀를 바라보고 있으면 그 어떤 명화보다도 아름답다. 푸른 잔디위에 앉아 도란도란 이야기꽃을 피우며 환하게 웃고 있는 연인을 보면 너무나도 사랑스러워 보인다. 함께 나란히 누워 푸른 하늘을 바라볼 수 있는 사람이 있다는 것은 눈물 나도록 고마운 일이다.

사랑하는 사람과 함께한다는 것, 사랑하는 사람과 사랑을 하며 산다는 것은 그 어떤 것보다도 인생에 있어 소중한 가치이다.

어느 부부가 있었다. 남편은 무뚝뚝해서 아내에게 사랑한다는 말조차 제대로 해본 적이 없다. 마음은 그게 아니었지만 겉으로 표현할 줄을 몰랐다. 그에 비해 아내는 애교도 많고 사랑한다는 말을 자주 남편에게 해 주었다. 아내는 무뚝뚝한 남편이 가끔은 서운했지만 성격 탓이라고 여기며 서운한 마음을 마음속에서 지워버리곤 하였다.

그러던 어느 날이었다. 여름휴가를 맞아 피서를 떠났다 돌아오는 길에 그만 교통사고를 당했다. 과속으로 달려오던 차가 그들 가족이 탄 차를 들이 받았던 것이다. 그 사고로 애석하게도 아내가 죽고 말았다. 그때서야 비로소 남편은 아내가 얼마나 사랑스럽고 소중한 사람이었는지를 뼈에 사무치게 느꼈던 것이다. 남편으로부터 사랑한다는 말을 무척이나 듣고 싶어 했던 아내에게 얼마나 자신이 무뚝뚝하게 굴었는지 그는 쉴새없이 참회의 눈물을 흘렸다.

남편의 가슴엔 아내에 대한 그리움이 태산보다도 높게 쌓였고 그 그리움은 매 순간마다 그의 눈시울을 붉게 만들곤 했다.

그렇다. 모든 것이 풍족할 땐 그 풍족함에 대한 고마움을 잘 모른다. 마땅히 당연한 것으로 안다. 그러나 그 풍족함이 사라지면 풍족함이 얼마나 감사한 일인지 깨닫게 된다. 이렇듯 사랑하는 사람이 자신 곁에 있을 땐 사랑하는 사람의 소중함을 잘 모른다. 사랑하는 이가 떠나고 곁에 없을 때에야 비로소 가슴을 치며 통회한다.

앞에 소개한 시는 조병화 시인의 〈산책〉이다. 이 시엔 사랑하는 이와 함께하고 싶어 하는 시적화자의 마음이 잘 나타나있다.

한 번 떠나면 돌이킬 수 없는 것이 인생이다. 사랑하는 사람이 지금 곁에 있음을 감사하라. 사랑하는 사람을 매일 볼 수 있음을 축복이라고 여겨라. 사랑하는 사람과 함께 식탁에서 밥을 먹을 수 있음을 신의 은총이라 믿어라.

　사랑!

　억 만 번을 죽고 다시 고쳐 죽어도 사랑은 가장 아름다운 인생의 최고의 선물이다.

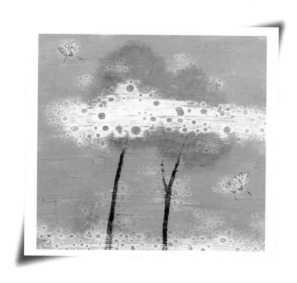

사랑은 강물처럼

시가 흐르는 하늘가에
행복이 넘치어라
미소가 흐르는 그대 창가에
노래가 피어나리니
꿈이어라
아 기쁨이어라

다가오는 그대의 눈빛은

바람이 되어 내게 머물고
소담스런 옛이야기는
나의 연인이 되리니
나 행복이어라
사랑이어라

사랑은 온유한 성자 같은
너그러운 몸짓으로
그대 사랑 감싸주리니

그대여
사랑으로 오늘을 가자

고요히 흐르는 강물을 바라본 적이 있다.

몇 해 전 칠월 어느 날 저녁 놀빛에 잠긴 남한강 강변에서다. 그 강은 강원도 부론과 충청북도 앙성면을 사이에 두고 흐른다. 그 때 난 혼자서 그곳에 있었다. 유유히 흐르는 강 건너 마을엔 저녁연기가 하늘을 날고 있었고, 강물위엔 물새가 떼를 지어 날고 있었다. 그 모습은 마치 환상 그 자체였다. 나는 그 평화로운 풍광에 취해 한동안 헤어나

질 못했다. 그 때 내 가슴엔 이루 말 할 수 없는 그 어떤 황홀감으로 충만해 있었다. 가슴이 한껏 부풀어 올라 주체를 하지 못할 정도였다. 그 순간 내 눈에서는 아침 이슬처럼 맑은 눈물이 나도 모르게 주르르 흘러내렸다. 나는 그 순간이 너무도 행복했다. 세상이 그처럼 아름다울 수가 없었다. 그 당시 나는 사랑을 떠나보내고 너무도 아픈 나날을 보낼 때였다. 모든 것이 우울하고 슬프고 외롭고 쓸쓸했다. 그런데, 아, 그런데 그런 내 마음에 뜨거운 그 무엇이 울컥거리며 치고 올라왔던 것이다. 그리고 곧 그것은 눈물이 되어 흘러내렸던 것이다.

나는 살고 싶었다. 나는 새롭게 나를 시작하고 싶었다. 아니, 시작해야겠다고 굳게 마음먹었다. 그렇게 마음을 고쳐먹자 모든 것이 달라보였다. 조금 전까지 우울하고 쓸쓸하고 외롭던 내 마음은 눈 녹듯 사라지고, 새로운 모습으로 다가왔다.

"그래, 흐르는 강물처럼 나를 살자. 흐르면서 온갖 생물들을 품어주는 강물처럼 살자. 인생은 짧다. 단 한번 뿐이다. 과거에 매여 지금의 나를 소멸하지 말자. 새로운 눈으로 새로운 마음으로 새로운 나를 살자. 그리고 내가 만나는 사람들과의 인연을 소중히 여기며 사랑하고 살자."

나는 이렇게 기도를 하며 또다시 흐르는 강물을 바라보았다.

나는 그 날 이후 열심히 나를 살고 있다. 그리고 더욱 열심히 나를 살아갈 것이다.

내 영혼의 뼈

그대는 내 영혼의 뼈
마른 내 영혼의 뿌리를
튼튼하게 지탱해 주는
내 사랑의 뼈

그대가 내 안에 찾아 온 그날부터
흔들리며 떨고 있던 텅 빈 내 영혼을
곧추세워 우뚝 서게 한 그대는

내 운명의 뼈

그대를 알고부터
굳게 닫혀졌던 내 안의 성문은
조금씩 단절된 세계를 향해
빗장을 풀기 시작했고
연약한 내 영혼의 팔에도
새 혈이 돌기 시작 했네

캄캄하게 어두웠던 나의 하늘에도
사라져버렸던 별이
하나 둘씩 돋아나기 시작 했고
흔적 없이 사라져버렸던 찬란했던 나의 태양도
밝은 빛을 흩뿌리며 내 안으로
또 다른 태양을 쏘아 올렸다

푸석거리던 나의 자리에도
소망의 새싹이 돋아나고
메말랐던 내 영혼의 우물에도
찰랑거리는 생명의 물결로 가득 했네

오, 놀라워라

그대는 내 영혼의 뼈

내 영혼의 마른 뿌리를 굳게 지탱해 주는

그대는 내 숨결의 뼈

사랑하는 사람은 '영혼의 뼈' 같은 존재이다. 메마른 잡초 같은 사람도 사랑을 하게 되면 싱싱하게 물오른 나무처럼 변한다. 그리고 삶의 의욕으로 가득 차오른다.

어떤 남자가 있었다. 그는 사랑하는 여자를 잃고 나서 숱한 방황의 시간을 보냈다. 목숨처럼 사랑했던 여자가 갑자기 세상을 떠났던 것이다. 그는 삶의 목적을 잃고 말았다. 사랑했던 여자는 그에게 삶의 의미이자 목적이었는데, 그 목적이 하루아침에 사라져 버린 것이다.

옛사랑을 잊지 못해 물기 빠진 나무처럼 방황하며 살던 그에게 어느 날 사랑이 찾아왔다. 다시는 새로운 사랑을 할 수 없을 것만 같았는데, 그게 아니었던 것이다. 새롭게 다가온 사랑은 얼어붙었던 그의 마음을 녹여주었다. 그리고 그의 마음 밭에 새로운 사랑의 나무가 자라게 했다.

새로운 사랑을 만난 그는 완전히 다른 사람으로 변화하였다. 그는

열심히 노력한 끝에 공무원 시험에 합격하였고, 새로운 사랑과 행복
하게 살고 있다.

그가 사랑하는 여자는 그에게 '영혼의 뼈'와 같은 사람이다.
사랑을 잃은 자여, 사랑하라.
사랑에 의지해 굳세게 걸어가라
사랑만이 당신을 새롭게 변화시킬 것이다.

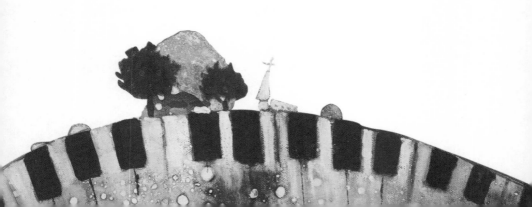

보고 또 봐도 그리운 사람

그대가 내 곁에서 그림 같이 웃고 있어도
나는 그대가 그립습니다.
같이 있으면 멀어질까 그립고
멀리 있으면 같이 있고파 그리웁고
그대는 내 마음 가득 담겨진 그리움
가슴이 저리도록 그리운 나의 사랑
흐느끼는 세월의 아픔도 그대에겐
한낱 나부끼는 잎새인 것을

그대만 바라보아도 행복은
나의 영원함에 있고 그대가 내 곁에서
손 내밀 때도 나는 그대가 그립습니다.
같이 있으면 숨어 버릴까봐 그립고
떨어져 있으면 영영 멀어질까 그리웁고
이 세상 오직 내게 한 사람
그대는 보고 또 봐도 그리운 사람

그대는 나의 일부 / 내가 살아가는 데 꼭 필요한 부분//
내가 바라고 소망하는 것은 단 하나/그대 없이는 살아가지 않게 해
달라는 것//

　이는 릭 노먼은 시 〈그대는 나의 일부〉의 1연과 2연이다. 이 시에서
보듯 사랑하는 '그대'는 나에게 있어 없어서는 안 될 내 목숨과도 같은
존재임을 알 수 있다.

그대를 사랑해요/아침에도/한낮에도/우리가 함께 있을 때나/그대가
내 곁에 없을 때에도//

이는 조너반의 시〈그대는 내 사랑〉의 3연 부분이다. 이 시에서 '그대'는 아침이나 한낮이나 함께 있을 때나 떨어져 있을 때에도 늘 함께하고 싶은 사랑이다.

〈보고 또 봐도 그리운 사람〉은 늘 함께 해도 그리운 사랑을 노래했다.

사랑은 늘 목이 마르다. 사랑엔 만족이란 것이 없다. 그래서 늘 내가 상대방에게 사랑받고 있음을 확인 하고 싶어 한다. 그리고 그의 영혼까지도 소유하고 싶어 한다.

릭 노먼이나 조너반의 시를 보더라도 사랑은 동서양을 막론하고 사람들의 존재의 이유이며 생의 원천임을 알 수 있다.

〈보고 또 봐도 그리운 사람〉이 당신 곁에 있다면 그 사랑을 꼭 붙들라. 그 사랑이 언제나 당신 곁에서 이 세상의 모든 것이 될 수 있도록.

사랑은 늘 그립고 목이 마르다.

그 여자네 집

가을이면 은행나무 은행잎이 노랗게 물드는 집
해가 저무는 날 먼데서도 내 눈에 가장 먼저 뜨이는 집
생각하면 그리웁고
바라보면 정다웠던 집
어디 갔다가 늦게 집에 가는 밤이면
불빛이, 따뜻한 불빛이 검은 산속에 깜빡깜빡 살아있는 집
그 불빛 아래 앉아 수를 놓으며 앉아 있을
그 여자의 까만 머릿결과 어깨를 생각만 해도

손길이 따뜻해져오는 집

살구꽃이 피는 집

봄이면 살구꽃이 하얗게 피었다가

꽃잎이 하얗게 담 너머까지 날리는 집

살구꽃 떨어지는 살구나무 아래로

물을 길어오는 그 여자 물동이 속에

꽃잎이 떨어지면 꽃잎이 일으킨 물결처럼 가닿고

싶은 집

샛노란 은행잎이 지고나면

그 여자

아버지와 그 여자

큰 오빠가

지붕에 올라가

하루 종일 노랗게 지붕을 이는 집

노란 초가집

어쩌다가 열린 대문 사이로 그 여자네 집 마당이 보이고

그 여자가 마당을 왔다갔다하며

무슨 일이 있는지 무슨 말인가 잘 알아들을 수 없는 말 소리와

옷자락이 대문 틈으로 언뜻언뜻 보이면
그 마당에 들어가서 나도 그 일에 참견하고 싶었던 집

마당에 햇살이 노란 집
저녁 연기가 곧게 올라가는 집
뒤안에 감이 붉게 익는 집
참새떼가 지저귀는 집
보리타작, 콩타작 도리깨가 지붕 위로 보이는 집
눈 오는 집
아침 눈이 하얗게 처마끝을 지나
마당에 내리고
그 여자가 몸을 웅숭그리고
아직 쓸지 않은 마당을 지나
뒤안으로 김치를 내려 가다가 "하따, 눈이 참말로 이쁘게도 온다
이이" 하며
눈이 가득 내리는 하늘을 바라보다가
싱그러운 이마와 검은 속눈썹에 걸린 눈을 털며
김칫독을 열 때
하얀 눈송이들이 어두운 김칫독 안으로
하얗게 내리는 집

김칫독에 엎드린 그 여자의 등에
하얀 눈송이들이 하얗게 하얗게 내리는 집
내가 함박눈이 되어 내리고 싶은 집
밤을 새워, 몇밤을 새워 눈이 내리고
아무도 오가는 이 없는 늦은 밤
그 여자의 방에서만 따뜻한 불빛이 새어나오면
발자국을 숨기며 그 여자네 집 마당을 지나 그 여자의 방 앞
뜰방에 서서 그 여자의 눈 맞은 신을 보며
머리에, 어깨에 쌓인 눈을 털고
가만가만 내리는 눈송이들도 들리지 않는 목소리로

가만 가만히 그 여자를 부르고 싶은 집
그
여
자
네 집

어느 날인가
그 어느 날인가 못밥을 머리에 이고 가다가 나와 딱
마주쳤을 때

"어머나" 깜짝 놀라며 뚝 멈추어 서서 두 눈을 똥그랗게 뜨고
나를 쳐다보며 반가움을 하나도 감추지 않고
환하게, 들판에 고봉으로 담아놓은 쌀밥같이,
화아안하게 하얀 이를 다 드러내며 웃던 그
여자 함박꽃 같던 그
여자

그 여자가 꽃 같은 열아홉살까지 살던 집
우리 동네 바로 윗동네 가운데 고샅 첫집
내가 밖에서 집으로 갈 때
차에서 내리면 제일 먼저 눈길이 가는 집
그 집 앞을 다 지나도록 그 여자 모습이 보이지 않으면
저절로 발걸음이 느려지는 그 여자네 집
지금은 아, 지금은 이 세상에 없는 집
내 마음 속에 지어진 집
눈감으면 살구꽃이 바람에 하얗게 날리는 집
눈 내리고, 아, 눈이, 살구나무 실가지 사이로
목화송이 같은 눈이 사흘이나
내리던 집
그 여자네 집

언제나 그 어느 때나 내 마음이 먼저

가

있던 집

그

여자네

집

생각하면, 생각하면 생, 각, 을, 하, 면……

맑은 달빛을 가려 뽑아 곱게 빚어 놓은 것만 같은 시

아침 이슬보다 맑고 영롱한 물빛이 톡톡 튀어오를 것만 같은 시

이 시를 읊조리다 보면 지금은 곁에 없지만

사랑하는 이를 꼭 다시 만날 것만 같은 희망이 담겨있는 시

산그늘이 지는 저녁 강변에서 들려오는 맑은 강물 소리가 가슴 깊이 해금소리로 되살아 날 것만 같은 시

그 어린 시절 미국으로 떠난 누님의 모습이 살포시 떠오르며 금방이라도 사뿐사뿐 내게로 올 것만 같은 시

어린 시절 느티나무 아래서 오순도순 이야기를 나누며 꽃 같은 세월을 함께했던 달덩이 같이 얼굴이 하얗고 눈이 사슴처럼 맑았던, 하늘나라에서 내려온 아기달님 같았던 그 여자아이, 그 여자아이가 환

하게 웃으며 반겨 나올 것만 같은 시

중학교 때 첫사랑의 감정을 지펴준 너무나도 깜찍하게도 이쁘던 그 여자아이처럼 해맑으면서도 촉촉이 가슴을 적셔주는 시

착해서, 너무 착해서, 그냥 착해서, 착하기만 해서 너무도 순수했던, 그러나 내게 여자의 부드러움과 상큼함과 의식의 몽롱함의 첫 느낌을 일깨워준 스무 몇 살 때의 그, 그 여자 같이 꼭 빼닮은 시

그냥 읽기만 해도 사랑의 감정이 깨꽃처럼 풋풋하게 살아 넘쳐나는 시

그래서 곁에 두고 항상 읽고만 싶은 시 〈그 여자네 집〉

이는 김용택 시인의 시이다.

이런 시를 쓸 수 있다는 건 축복이다.

그만큼 정서가 깨끗하고 서정성이 탁월하다는 것을 의미한다.

자신이 쓰고도 무엇을 썼는지도 모르겠다는 시인들이 판치는 세상에서, 점점 시의 독자들이 사라지는 빈 들판 같은 허허로운 세상에서, 삶의 의미가 마른 낙엽처럼 점점 시들어가는 세상에서 〈그 여자네 집〉은 더럽혀진 영혼을 말끔하게 씻어줄 오아시스 같은 시이다.

한 그루 나무처럼

창문 열면 늘 마주치는
한 그루 나무처럼
팔을 뻗어 거친 세월 속에
그대 눈물을 닦아주고

한 쪽 가슴 비워두고
온갖 소리에 귀 기울이는
한 그루 나무 맑은 눈을 보면

내 생에 한 그루 나무 되어
그대 쉼터가 되고 싶다.

가지 많은 나무가
많은 열매를 맺고
잎이 푸르를수록
나무는 더욱 나무다운 것

아무도 가르쳐 주지 않은
삶의 비밀을 구도자의 몸짓으로
나무는 보여주나니
사람이 사람다울 수 있는 건

생生은 깨달음에서 오고
깨달음은 생生에서 오기 때문이다.

나무 같은 사람.
마을 동구 밖에 서서 오가는 사람들에게 말없이 위안을 주는 느티
나무. 그 느티나무 같은 사람이고 싶다.

어린 시절 느티나무는 나의 좋은 친구였다. 무더운 여름날 더위를 피해 아버지 넓은 가슴팍 같은 느티나무 그늘로 들어가면 느티나무는 온몸에 늘러 붙은 찰 찐득이 같은 더위를 말끔히 씻어주었다. 더위가 가시고 나면 깔아놓은 돗자리위에서 잠이 들곤 했다.

느티나무는 내겐 친구였고, 형이었고, 아버지 같은 존재였다. 자신의 모든 것을 주고도 하나도 내색하지 않는 느티나무.

우리는 저마다 누군가에게 느티나무 같은 사람이어야 한다.

우리는 저마다 자신이 사랑하는 이들에게 한 그루 나무 같은 사랑이어야 한다.

나무 같은 사람.

오늘은 나무 같은 사람을 만나고 싶다. 그 사람과 만나서 한 잔의 차를 마시고 고요히 다정히 사람냄새를 풍기며 예쁜 추억 하나 만들고 싶다.

사랑하는 사람은

사랑하는 사람은
멀리서도 한눈에
그 모습이 들어옵니다.

사랑하는 사람은
상대방의 눈까지도
밝게 만드는 가 봅니다.

수많은 사람들이 모여 있는 곳에서도
사랑하는 사람은
유난히도 사랑스럽습니다.

사랑을 하면
그 사람 허물까지도
예뻐 보입니다.

도대체 사랑은
무엇이길래
그토록 관대하고
마음을 아름답게
가꾸어주는 것일까요.

사랑하는 사람이여
오늘도 나는 그대 음성이
그립습니다.
그대 모습이
너무 너무 보고 싶습니다.

나도 모르게
사랑하는 이 전화번호를
누르는 내 손에

그대 향한
봇물 같은 내 사랑이
강같이 넘쳐흐릅니다.

– 사랑하는 사람은

내가 만약
사랑이 어떤 것인지를 알게 된다면
그것은
오직
그대 때문입니다.

    앞에 시는 나의 〈사랑하는 사람은〉이고 뒤의 시는 헤르만 헤세의
〈내가 만약〉 전문이다. 〈내가 만약〉에서 헤르만 헤세는 사랑이 어
떤 것인지를 알게 된다면 그것은 오직 사랑하는 사람 때문이라고 말

한다.

그렇다. 사랑하는 사람은 인생의 보람이며 행복의 주체이다. 그래서 사랑하는 사람은 그가 어디에 있든 멀리서도 한눈에 들어온다. 그것은 사랑하는 사람은 상대방의 끊임없는 관심과 주목을 받기 때문이다.

어디 그 뿐인가. 아무리 사람들이 많은 곳에서도 사랑하는 사람은 유난히 예뻐 보인다. 사랑은 사람의 마음을 황홀하게 하고 마음의 눈을 밝게 만드는 까닭이다. 또한 사랑은 사람의 마음을 관대하게 하고 넉넉하게 하여 서로를 깊은 사랑으로 이끌어준다.

〈사랑하는 사람은〉은 이런 사랑의 본질을 간파하여 쓴 시이다.

사랑 앞에 최선의 마음으로 다가가라. 그리고 최선의 사랑으로 행복하라.

인생의 영원한 동행자.

한시도 안 보면 보고 싶어지는 사람, 한 순간도 생각하지 않으면 숨이 탁 막히는 사람, 그 사람을 '사랑하는 사람'이라고 부른다.

사랑은 참 아름답습니다

사랑은 참 아름답습니다
물방울이 모여 바다가 되듯
사랑을 모으면 큰 행복이 됩니다
사랑은 생명입니다
꺼져가는 목숨도
사랑을 모으면 불길처럼 되살아납니다
사랑은 희망입니다
사랑은 단절된 마음을 열어주고

슬픔도 기쁨이게 하고 아픔도 희망이게 합니다

사랑은 참 따뜻합니다

작은 마음들이 모이면 큰 사랑이 되듯

사랑은 나누면 나눌수록 풍요로워지는 샘이옵니다

너와 나 우리 작은 마음을 모아

큰 사랑을 이루어야 하리니

사랑은 참 아름다운 삶의 빛이 옵니다

몇 년 전 사회봉사단체로부터 축시 원고 청탁을 받은 일이 있다. 이 시는 그때 쓴 〈사랑은 참 아름답습니다〉이다.

나는 그 때 봉사의 의미를 담아 어떻게 쓸까, 하고 생각하다 이 시를 쓰게 되었다.

하나의 물방울은 보잘 것 없고 눈에 잘 띄지도 않는다. 하지만 한 방울 두 방울 세 방울 모이다 보면 작은 웅덩이가 되고, 웅덩이의 물이 넘치다 보면 작은 도랑이 되고, 또 그것은 작은 시내가 되고, 또 그것은 큰 시내를 이루고, 강이 되어 마침내는 바다에 이른다.

국민의 필수품이라고 하는 자동차. 그 자동차는 수많은 작은 부품들로 이루어져 있다. 그 중 어떤 부품 하나라도 빠져버린다면 자동차에 심각한 문제가 발생할 수 있다. 작은 것을 무시하거나 얕잡아보아

서는 안 된다. 세상에 존재하는 모든 것은 작은 것들이 모여 이루어
진 것이다. 이렇게 볼 때 작은 것은 결코 작은 것이 아님을 알 수 있
을 것이다.

　작은 것을 소중하게 생각하게 될 때 큰 것도 이룰 수 있음이다.

　사랑은 참 좋은 것이다.

　사랑은 참 아름다운 것이다.

　사랑은 생명이다.

　사랑은 희망이다.

　사랑은 따듯하다.

　사랑은 모든 것을 가능하게 하고 모든 것을 완성시키는 삶의 제1
의 요소이다.

편안한 사람

오후가 되면
어김없이
햇살이 찾아드는 창가

오래 전부터 거기 놓여 있는
의자만큼
편안한 사람과
차를 마신다

순간인 듯
바람이 부서지고

낮은 목소리로 다가드는 차맛은
고뇌처럼 향기롭기만 하다

두 손으로 받쳐 들어도
온화한 찻잔 속에서
잠시 추억이 맴돈다

이제 어디로 가야할까?
우리가 이렇게 편안한 의자가 되고
뜨거웠던 시간이
한 잔의 차처럼 조용해진 후에는……

오후가 되면
어김없이 햇살이 찾아드는 창가
편안한 사람과 차를 마신다

앞에 소개한 시는 문정희 시인의 〈편안한 사람〉이다. 이 시를 읽고 나서 남들에게 나는 과연 어떤 사람일까, 어떤 모습으로 비춰질까, 라는 생각이 문득 들었다. 하지만 나는 그다지 편안한 사람처럼 보여 지는 인상이 아니다. 깐깐하고 예리하게 생긴 외모로 인해 나를 처음 본 사람들에게 차가운 사람처럼 보인다는 말을 종종 듣곤 한다. 그래서 어떤 땐 속이 상할 때도 있고 억울할 때도 있음을 고백한다. 사실 나는 생긴 것과는 다르게 부드럽고 따뜻한 면도 많다. 그런데 나의 샤프한 외모로 인해 오해 아닌 오해를 감수해야만 한다.

나는 이 시를 읽고 편안한 사람에 대해 나름대로 규정을 지어보았는데, 이런 사람이 아닐까, 한다.

오랜 의자같이 낡아서 오히려 다정한 사람
내 몸 구석구석을 모두 알아버린
헐렁해지고 축 늘어진 옷처럼 부담스럽지 않은 사람
무슨 말을 해도 다 받아주며 허허허 호호호 웃어넘기는
한 여름 무더운 날 동구 밖 푸른 느티나무 같이 속이 넉넉한 사람
등 기대어 편히 쉴 수 있는 벽처럼 든든한 사람
그저 바라보고만 있어도 마음이 고요해지고 넉넉해지는 사람
시골집 뒤란 장독대 펑퍼짐한 막장항아리처럼
둥글둥글한 마음을 가진 사람

그 무슨 말이라도 군소리 없이 다 들어줄 것만 같은 사람

함께 하는 것만으로도 그냥 즐겁고

없으면 두고두고 생각나는 그리운 사람

나는 이런 사람이 곁에서 웃고 있다면 나의 모두를 걸고 싶다. 아니, 나의 모두를 다 바치고 싶다. 그가 누우라면 눕고 서라면 서고 웃으라면 웃고 가라면 가고 오라면 한달음에 달려오고 싶다.

나도 낡고 오래된 의자처럼, 등 기대고 편히 쉴 수 있는 벽처럼 누군가에게 편안한 사람이 되고 싶다.

사랑이 되고 싶다.

꽃처럼 살고 싶다

향기로 사랑을
전하는 꽃처럼
넘치지도 않게 부족하지도
않는 마음으로
오늘도 내일도 또 그 내일도
겸손한 마음이고 싶다

환한 미소로

아름다움을 전하는 꽃처럼
아픔과 슬픔은 뒤로 감추고
예쁘고 부드러운 언어로
오늘을 살고 싶다

꽃이 아름다운 건
꽃은 자신의 아름다움을
나타내기 위해
억지를 부리거나
과욕을 보이지 않기 때문이다

향기로 사랑을 전하고
밝은 미소로
아름다움을 전하는 꽃처럼

겸허한 마음으로
사물을 바라보고
공손한 마음으로
내일을 열어가리라

사람들이 꽃을 좋아하는 건 향기가 있기 때문이다. 만약 꽃이 향기 없이 그저 예쁘기만 하다면, 많은 사람들의 지극한 관심을 끌지 못했을 것이다.

화무십일홍花無十日紅

아무리 예쁜 꽃도 10일을 가지 못한다는 뜻이다. 그럴 것이다, 아니 그렇다. 아무리 예쁜 꽃도 시들면 보기 흉하게 되고 시간이 지나면 마른 낙엽처럼 되고 만다.

향기가 없는 꽃은 사람들의 관심 밖으로 밀려나기 마련이다. 사람들이 향기에 대해 얼마나 반응을 하는지에 대해 실험을 해 보았다고 한다.

먼저 기분 좋은 향수를 택시에 뿌렸더니 차에 타는 사람마다 표정이 밝고 기분 좋아하며 이것이 무슨 향이라며 말을 걸었다고 한다. 그만큼 친밀감이 느꼈다는 것이다. 그러나 반대로 좋지 않은 냄새가 나자 택시에 탔던 사람들은 하나같이 얼굴을 찌푸리며 역겨워 했다고 한다. 심지어 어떤 사람들은 도중에 내렸다고 한다. 이를 보더라도 좋은 향기를 뿜어내는 꽃이 사람들에게 사랑을 받는 것은 당연하다.

꽃처럼 살고 싶은 마음으로 쓴 〈꽃처럼 살고 싶다〉란 시다.

나는 꽃처럼 살고 싶다.

진정 사랑의 향기를 전하는 꽃처럼 그렇게 살고 싶은 것이다.

풀꽃

비바람 속에서
풀꽃이 가늘게 떨고 있다.
가냘픈 어깨를 들먹이며
풀꽃은 바람 앞에
꺾일 듯 휘어지다가도
결코 꺾이지 않는다.

너의 사랑 앞에

풀꽃이 되고 싶다.

폭풍우 속에서
풀꽃이 파르르 떨고 있다.
수줍은 이마를 쓰다듬으며
먼 곳을 바라보다
이내 돌아서는 풀꽃

흔들리듯 쓰러질듯
휘청거리다가도
기어코 너의 사랑 앞에
일어서고 마는
풀꽃이 되고 싶다.

　풀꽃은 연약한 것 같지만 결코 연약하지 않다. 풀꽃은 부드러움으로 폭풍우 속에서도 꺾이지 않고 제자리를 보존하며 의연하게 생명을 지켜낸다. 이는 유연함이 강한 것을 이겨냈기 때문이다.

　사랑은 부드럽고 은은하고 유유하다. 그러나 그 어떤 것에도 굴하지 않는 것이 사랑의 감정이다. 진실한 사랑 앞에 자신의 목숨을 내던

지는 경우를 보면 이를 잘 알 수 있다.

　이 시에서 시적화자는 자신의 사랑에게 풀꽃이 되고 싶다고 말한다. 여기서 풀꽃이 되겠다는 것은 그 어떤 흉포한 억압에도 굴하지 않는 사랑이 되겠다는 의미이다.

　수잔 폴리스 슈츠는 〈그대 마음은 나의 마음〉이란 시에서 이렇게 말한다.

　그대 마음은 나의 마음
　그대의 진실은 나의 진실
　그대의 느낌도 나의 느낌

　이 시구詩句에서 보듯 그대와 나를 하나로 일체화 시키는 것을 알 수 있다. 마음과 진실 그리고 느낌도 온전히 하나가 되는 사랑을 꿈꾸는 시적화자의 마음이 너무도 간절하다.

　이런 사랑이 있다면, 아니 이런 사랑을 할 수 있는 사람은 진실로 행복한 사람이다.

　나 역시 남은 세월 누군가에게 그 무엇이 되고 싶다.

사랑이 그리운 날엔

사랑이 그리운 날엔

호수처럼 고요한 하늘을 본다.

금방이라도 눈물을 쏟을 것 같은

그대 맑은 눈을 닮은 하늘

그 하늘엔 그대의 순수가 빛나고 있다.

내 가는 길이 때로 눈물겨울 때

돌아서서 고개 숙이고 발끝을 내려다보며

무언의 생각에 잠겨 있을 때

지난날의 실수를 괴로워하며

스스로를 나무랄 때 작은 것의 소중함을 잊고

오만에 찬 자신의 모습을 바라볼 때

잠시라도 경멸의 눈빛으로 삶을 방관할 때

이런 날엔 못 견디게 누군가의 사랑이 그립다

사랑이 그리운 날엔 두 손 모아 눈을 감는다

내 마음 문을 열고 별빛을 쓸어 담아

잠시라도 감사했던 이들에게

내 작은 사랑 노래를 보내나니

누군가의 사랑이 그리운 날엔

행복했던 순간을 엮어 서로가 서로에게

풀꽃편지를 쓰자.

　　살다보면, 살아가다보면 어느 순간 문득 누군가가 그리워진다. 그 그리움이 너무도 간절하여 마음을 가누지 못하고 허덕일 때가 있다. 마음은 한 곳에 머무르지 못하고 끝없이 그 어디론가 마냥 달려간다. 그리고 생각의 끝엔 지난 날 함께했던 사람들이 있다. 그 사람들 중엔 다정했던 소꿉친구도 있고, 첫사랑도 있을 테고, 아련한 시절 초등학교 선생님도 있고, 은혜를 입었던 사람도 있을 것이다.

나 또한 지난날이 간절히 그리워 질 때가 종종 있다. 그럴 때 내 마음은 걷잡을 수 없이 지난날에 매이게 된다. 그럴 땐 하던 일도 손에 잡히지 않는다. 그러면 자리를 툭 털고 일어나 방향을 정하지 않은 채 차를 타고 인근지역으로 향하거나, 아니면 하루 만에 갔다 올 수 있는 곳으로라도 여행을 다녀오기도 한다.

그리움은 막을 수 없는 마음의 물결이다. 강물이 흘러가듯 그리움은 사람의 마음을 타고 한도 끝도 없이 흐른다. 그리움이 많은 사람은 감정이 풍부하고 서정적이다. 그래서 그렇지 않은 사람보다 감성적이고 정이 많다.

요즘은 편지를 쓰는 사람들이 별로 없다고 한다. 나는 우체국을 자주 이용하는 편인데, 편지를 보내는 사람들이 별로 눈에 띄지 않는다. 누구나 잉크냄새 묻어나는 편지보다는 손쉽게 보낼 수 있는 전자우편을 이용하기 때문이다. 편지가 아날로그라면 전자우편은 디지털이다. 아날로그는 속도도 느리고 불편함은 있지만, 사람냄새가 풍겨난다. 디지털은 편리하고 신속하지만 사람냄새가 나지 않고 기계냄새만 풍겨난다.

사람의 정을 듬뿍 느끼며 살아야 한다. 일에 치여 바쁘게 살수록 더더욱 사람의 정을 느끼며 살아야 한다. 그래서 누군가가 그리울 땐 하던 일 잠시 접고 잉크냄새 풍겨가며 편지를 써보자.

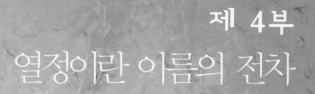

제 4부
열정이란 이름의 전차

처음 가는 길

아무도 가지 않은 길은 없다
다만 내가 처음 가는 길일 뿐이다
누구도 앞서 가지 않은 길은 없다
오랫동안 가지 않은 길이 있을 뿐이다
두려워 마라 두려워하였지만
많은 이들이 결국 이 길을 갔다
죽음에 이르는 길조차도
자기 전생애를 끌고 넘은 이들이 있다

순탄하기만 한 길은 길 아니다

낯설고 절박한 세계에 닿아서 길인 것이다

이 시는 도종환 시인의 〈처음 가는 길〉이다.

처음!

처음이란 낱말엔 신선함, 새로움, 기대감의 의미가 담겨있다. 이 세상에 처음이란 관문 없이 이루어진 것은 없다. 그 어떤 것도 처음이란 관문을 열고 시작되었다. 그런데 많은 사람들은 처음의 과정을 무시하고 충만한 결과만을 기다린다. 노력 없이 성과만을 얻고자하는 어리석음으로 가득 찼다는 말이다. 자신이 진정 만족한 결과를 얻고자 한다면 그만큼의 노력을 기울여라. 그저 얻어지는 삶은 뿌리 없는 나무와 같아 행복의 진정성을 느낄 수 없다. 아니 느낀다고 해도 곧 식상해 질 것이다. 처음 시작을 두려워하는 사람들도 많은 것 같다. 낯설음에서 오는 강박관념 때문인데, 가만히 생각해 보라. 우리가 처음 가는 길도 이미 누군가 지나간 길이다. 다만 내가 이제 가는 것뿐이다. 처음 가는 길은 누구나 두려움을 갖기 마련이다. 두려움을 가지면서도 그 길을 간다. 그리고 마침내 자신의 길을 완성했던 것이다. 처음 가는 길을 당당하게 가자. 죽음에 이르는 길도 전생을 끌고 간이들도 있음을 기억하자. 길은 걸어가는 자를 위해 있는 것이다.

변화와 창조

바람은 한 곳에 머무는 법
이 없다. 바람은 계속해서 불어야 바람인 것이다. 강물 역시 계속해서
흘러야 한다. 고여 있는 물은 썩어서 악취를 풍기고 살아 있는 생물들
을 모두 죽게 만들고, 그 어떤 생물도 살지 못한다. 물은 흘러가면서
정화작용을 함으로써 깨끗한 물이 되고 온갖 생물들을 품어 생명을 전
해준다.

이렇듯 바람은 불어야 바람이고 물은 흘러야 물인 것이다. 사람들
중에도 흐르는 강물 같은 사람이 있고, 고여 있는 물과 같은 사람이 있

다. 강물이 계속해서 흘러감으로써 생명을 이어주고 이어가듯 흐르는 강물 같은 사람은 지금보다 나은 내일을 위해 항상 변화를 꿈꾸며 노력한다. 이런 유형의 사람은 한시도 가만히 있질 않는다. 끊임없이 무언가를 생각하고 앞으로 나아가기 위해 열정을 쏟는다. 그러나 고여 있는 유형의 사람은 현실에 안주하여 머무르길 원한다. 그러다보니 새로운 것을 받아들이는 것을 두렵게 생각한다.

스펜서 존스의 「누가 내 치즈를 옮겼을까」를 보면 생쥐인 스니프, 스커리 와 꼬마인간인 헴과 허가 나온다. 스니프와 스커리는 지극히 단순해서 어떤 상황에 대해 복잡하게 생각하지 않는다. 치즈가 없어졌을 때도 먼저 번 치즈를 찾으려고 하지 않고 새로운 치즈를 찾아 나선 끝에 드디어 치즈를 찾아내 날마다 맛있게 먹는다. 그러나 꼬마인간 헴과 허는 먼저 번 치즈에 대한 미련을 버리지 못한다. 아무리 찾아도 먼저 번 치즈는 어디에도 없다. 허는 헴에게 새로운 치즈를 찾으러 가자고 하지만, 변화를 두려워하는 헴은 허의 제의를 거절한다. 허는 자신의 소신대로 새로운 치즈를 찾으러 다닌 끝에 맛있는 치즈를 발견한다. 그리고 맛있게 치즈를 먹으며 소중한 경험을 체득한다.

이 우화는 새로운 것을 찾기 위해 변화하지 않으면 지금보다 나은 삶을 추구할 수 없다는 것을 의미한다. 그렇다. 국내는 물론 세계사를 보더라도 남보다 앞서간 사람들은 지금보다는 내일, 내일 보다는 미래를 그리고 나보다는 우리를 위해 끊임없이 변화하는 삶을 추구

했다. 그 결과 그들은 성공적인 삶을 살았고, 후세에 길이 남는 인물이 되었다.

변화란 창조의 원천이며 창조는 새로운 변화를 유도하는 힘이다. 변화하지 않는데 어찌 새로운 것을 만들어 내고 찾아낼 수 있을까. 지금 이대로의 삶으로 만족할 것인가 아니면 더 나은 인생을 살 것인가를 위해 결정할 권리는 오직 자신에게 있다. 그 어느 누구도 자신의 삶을 대신 살아주지 않는 것이 인생의 길이다.

금

금은 평면에 어떤 형태의 모양을 그리기 위해서는 반드시 필요하다. 금이 있으므로 원도 삼각형도 사각형도 육각형도 팔각형도 완성시킬 수 있다. 이때의 금은 필수요소로써 반드시 있어야 한다. 그렇지 않다면 갖가지 도형을 그려내지 못한다. 그러나 경계의 의미로써의 금은 인간과 인간관계의 단절을 의미한다. 여기서 단절의 의미는 소통의 불능을 말하며 그것은 나와 너와의 관계는 물론 우리 모두의 관계를 차단시키는 것이다.

이를 달리 말하면 불신을 의미한다. 현대는 불신이 팽배하고 거짓

과 배신이 난무하는 사회다. 이런 사회에서 살아간다는 것은 모험과
도 같을 때가 있다. 정신을 똑바로 차리지 않으면 자신이 원하는 삶을
살아가기가 그만큼 어렵다. 이런 사회적 구조 속에서는 불신의 장벽
을 걷어내는 게 제일 먼저 해야 할 일이다. 그러기위해서는 저마다의
가슴에 그어 놓은 금을 지워버려야 한다. 금은 나와 상대방을 가로 막
는 불신의 장벽이므로 금을 지워버리는 순간 불신의 장벽은 무너져 내
리는 것이다. 아무리 혼탁한 불신시대라 해도 저마다 품고 있는 금만
지워버린다면 믿음 속에서 삶을 행복하게 꽃 피울 수 있다.

　행복한 삶이란 끊임없이 자신을 개선하며 새로운 길로 나아가는 자
만이 취할 수 있는 인생의 선물인 것이다.

　사람들 가슴엔
　저마다의 금이 처져있다

　그 금으로 인해
　서로가 서로를 경계한다는 것은
　눈물보다 슬픈 일이다

　그 금을 지워버려야 한다

-금

슬픔의 힘

살다보면 뜻하지 않은 일
이 많다. 자신이 세워놓은 계획대로 살아갈 수도 있고, 전혀 다른 방향
으로 살아갈 수도 있다. 이는 산다는 것은 그만큼 녹녹치 않다는 것이
다. 그러나 정도를 벗어나지 않고 열정적으로 살아가면 보통은 잘 살
아지는 것 역시 삶이다. 하나, 모든 것이 순탄하게 잘 진행되는 삶에도
때때로 도적처럼 슬픔이 다가올 때가 있다. 잘 되던 일이 갑자기 안 될
수도 있고, 사랑하는 이에게 외면당할 수도 있고, 억울한 누명을 쓸 수
도 있고, 오해로 인해 고통을 겪을 수도 있고, 아끼던 사람이 자신 곁

을 영원히 떠나는 지독한 슬픔을 경험할 수도 있는 게 인생이다. 이런 일을 겪게 되면 참혹한 아픔을 경험하게 되고 삶에 대해 염증을 느끼게 된다. 그래서 좌절을 하고 돌이킬 수 없는 상황에 처하게 돼 우울증의 벽에 갇혀 고난의 시간을 보내게 된다. 이렇게 자신이 어쩌지 못하는 참혹한 마음이 들 땐 슬픔에 잠겨 그 슬픔이 바닥을 다 들어내도록 눈물을 흘려라. 한껏 눈물을 흘리고 나면 머리가 맑아지고 응어리진 마음이 풀리게 되는 것을 경험하게 될 것이다.

슬픔은 눈물로써 이겨낼 때 진정으로 그 슬픔의 강에서 벗어날 수 있다. 슬픔 없이 살 수 있는 인생이 행복한 것 같지만 진정한 행복과 삶의 기쁨을 알기위해선 슬픔의 강도 건너 봐야하고 고통의 골짜기도 지나봐야 한다.

자신에게 고통과 슬픔이 다가오면 애써 피하지 마라. 피하는 순간 고통과 슬픔의 동굴에 갇혀 더 큰 고통과 슬픔을 겪게 될 것이다. 그 고통과 슬픔을 끌어안고 맞서 싸워라. 그리고 이겨라. 그 어떤 고통과 슬픔을 이겨내는 자만이 진정 행복할 수 있는 것이다.

베르길리우스는 말하기를 "우리의 운명은 반드시 인내에 의해 극복되는 것이다." 라고 했다. 참을 수 없는 고통과 슬픔의 운명도 두려움 없는 강인한 인내 앞에선 꼬리를 내리고 사라진다. 그것이 인생을 잘 살아갈 수 있는 최선의 삶의 법칙이다.

슬픔도 때론

힘이 될 때가 있다

가슴이 미어져 눈물이 날 때

뼛속 깊이 억제하지 못할 고통이

통증으로 스며들 때

울음을 울다 기진하여

쓰러진다 해도

그 슬픔을 감추지 마라

슬픔도 때론

위안이 될 때가 있다

사랑하는 이들이 전혀

위안이 되지 않을 때

깊은 슬픔에 잠겨

눈물의 강을 건너보라

스스로를 딛고

일어설 수 있을 때까지

그 슬픔을 사랑하라

– 슬픔의 힘

함께 하는 삶

누군가와 함께 한다는 것
은 보기에도 정겹고 유쾌하다. 다정하게 함께 있는 모습은 넉넉해 보
이고 그래서 따뜻해 보인다. 그러나 홀로 있는 모습은 외롭고 쓸쓸하
고 고독해 보인다. 함께하는 것은 사람이든 동물이든 꽃이든 그 무엇
이든 보기가 참 좋다.

　세상은 각기 서로 다른 수많은 것들이 어울려 조화로운 질서를 이
루며 존속된다. 그리고 그 질서 안에서 우리는 살아가는 것이다. 함께
하는 삶의 즐거움은 서로의 마음을 모아 서로에게 힘이 되어 주고 기

뿜이 되고 희망이 되어 줄 때 느끼게 된다. 그래서 여럿이 함께 할 땐 큰 힘을 뿜어내어 태산을 갈아엎어 평지가 되게 한다. 함께하는 삶속엔 끊임없이 에너지가 솟아나기 때문에 불가능한 일도 가능하게 하고 상식을 뛰어넘는 놀라운 일이 일어나기도 한다.

내가 사는 고장엔 전국적으로 널리 알려진 사랑의 연탄은행의 모체가 된 사랑의 연탄은행 본점이 있다. 현재 전국에는 많은 사랑의 연탄은행이 있고, 계속해서 생겨나고 있다. 전국에서 많은 사람들이 정성을 담아 사랑의 연탄은행을 후원을 하고 있다고 한다. 지금은 너무도 유명해졌지만 처음 시작할 땐 지극히 작고 보잘 것 없었다. 그러나 큰 꿈을 갖고 열심히 노력하자 소문은 빠르게 퍼져나갔고, 힘을 보태겠다는 후원자들이 푸른 깃발처럼 펄럭이며 사랑을 전해왔다. 그리고 오늘에 이른 것이다.

한 사람 한 사람은 연약한 풀과 같지만 그 힘이 모아져 하나가 되면 상상을 초월하는 놀라운 결과를 만들어 낸다. 어렵고 힘들 때일수록 함께하는 지혜가 필요하다. 하나가 되는 일은 즐거운 일이며 하나의 마음이 된다는 것은 함께 할 수 있어 참으로 행복한 일이다.

"남을 복되게 해주면 자기의 행복도 한층 더해진다." 고 글라임은 말했다. 또한 슈바이처는 "인류 모두가 행복하기 전에는 개인의 행복이란 있을 수 없다." 고 설파했다.

자신이 행복한 인생을 살고 싶다면 나 아닌 누군가를 위해 함께 하
는 삶의 즐거움을 누려라.

그것이 인생의 보람이며 참된 기쁨이다.

소망의 꽃

        소망을 품고 있는 사람의 눈을 보면 반짝이는 생기로 가득 차 있으며 얼굴엔 희열의 빛이 잔잔히 배어 있다. 또한 말투는 명랑하고 힘이 있으며 활기찬 걸음걸이로 보는 이들로 하여금 환한 마음을 갖게 한다. 그러나 소망이 사라진 사람들의 눈을 보면 생기가 없어 추레하고 매사가 불평불만으로 가득하고 얼굴엔 어두운 그림자가 짙게 드리워져 있다.

    사업에 실패하고 근 2년이 되도록 자신의 지난날을 돌이키며 분노하고 시름에 잠겨 가족과 친구들에게 눈살 찌푸리게 하던 사람이 있었다. 그가 더 큰 분노를 느꼈던 것은 만평이 넘는 땅을 친척에게 빼앗겼기 때문이다. 그의 아버지가 자신의 친동생과 땅을 사는 과정에서 명의 이전을 동생이름으로 해 놓았는데 그의 아버지가 갑자기 죽자 작은 아버지가 그에게 땅을 양도해 주지 않고 자신의 땅이라고 우겨 결국 땅을 빼앗기고 말았던 것이다. 사업도 실패하고 땅도 뺏긴 그는 절망의 늪에서 시간을 죽이고 과거타령이나 하였다. 자식은 점점 자라고 돈은 없고 그야말로 그에겐 참혹함 그 자체였다. 그러나 그에겐 아주 현명한 아내가 있었다. 하루는 아내가 그에게 말했다.

"여보, 그동안 애 많이 썼어요. 지난날은 다 잊어버리세요. 그리고 당신 마음이 편해질 때까지 당신이 하고 싶은 일이나 하면서 몸과 마음을 평안히 하세요. 이제부턴 내가 집안을 꾸리겠어요."

그는 웃으며 말하는 아내를 가만히 바라보았다. 그의 아내의 얼굴엔 근심과 걱정의 그림자는 보이질 않고 신념과 소망의 빛이 배어있었다. 그가 말없이 그대로 있자 그의 아내는

"여보, 당신 낚시 좋아하잖아요. 내일부터 당장 낚시를 다니세요. 집안일은 아무 걱정 마세요. 알겠지요?"라고 말하며 그의 손을 꼭 잡았다. 갑자기 기울어진 가정형편에 바가지를 긁어도 감수해야할 자신에게 이토록 자애로운 마음을 보여주는 아내가 한없이 고마워 그는 그렇게 하겠다며 그 날부터 술을 끊고 하루에 서너 갑씩 피우던 담

배도 줄였다. 그는 아내 말대로 낚시를 다녔고 아내는 식당을 차려 장사를 시작했다. 그의 아내는 음식솜씨가 좋아 손님들이 늘어만 갔다. 몇 개월 후엔 2명의 종업원까지 두었다. 그는 그런 아내의 모습에서 지난날 방황하며 가족들에게 고통을 주던 자신의 모습을 떠올리곤 깊이 뉘우쳤다. 그리고 낚시를 그만둔 채 식당일을 거들었다. 한 때 중소기업 사장이었던 그는 음식을 배달하고 서빙을 하면서도 얼굴엔 미소가 가득했다. 그의 얼굴엔 분노와 어둠의 그림자는 사라지고 소망의 빛이 가득 넘쳐났다. 그리고 몇 달 후 친구들의 주선으로 대기업에 물건을 대는 하청공장을 하게 되었다. 원망과 분노를 그의 마음으로부터 떠나보내자 그의 삶이 완전히 뒤바뀌고 만 것이다. 그의 마음속엔 소망의 꽃이 향기를 품고 날마다 자라고 있었던 것이다. 그리고 수년의 세월이 지나자 셋이나 되는 자식들도 대학을 다 마쳤고 첫째는 미국에 유학까지 갔다.

그가 소망을 품고 살자 그의 삶은 완전히 변화하였다.

그는 지금 아주 행복한 노후를 보내고 있다. 삶은 그에게 고통과 분노를 주었지만 지혜로운 아내의 뜻을 좇아 그가 마음을 바꾸자 그의 인생은 풍족할 땐 느끼지 못했던 참 행복의 기쁨을 알게 된 것이다.

아무리 메마른 사막에서도 꽃이 피고 생물이 살아가듯 그 아무리 참혹한 현실이 자신 앞에 놓여 지더라도 소망을 버리지 않는 한 삶은 다시 환한 빛으로 찾아온다는 것을 마음에 품고 살아야한다.

인생은 그 어느 것 보다도 소중한 보석이므로.

다시 자장면을 먹으며

다시 자장면을 먹으며 살아봐야겠다

오늘도 오른손이 하는 일을 왼손이 알게 하고

네가 내 오른뺨을 칠 때마다 왼뺨마저 치라고 하지는 못했으나

다시 또 배는 고파 허겁지겁 자장면을 사먹고 밤의 길을 걷는다

내가 걸어온 길과 걸어가야 할 길이

너덕너덕 누더기가 되어 밤하늘에 걸려 있다

이제 막 솟기 시작한 별들이 물끄러미 나를 내려다본다

나는 감히 푸른 별들을 바라보지 못하고

내 머리 위에 똥을 누고 멀리 사라지는 새들을 바라본다
검은 들녘엔 흰 기차가 소리 없이 지나간다
내 그림자마저 나를 버리고 돌아오지 않는다
어젯밤 쥐들이 갉아먹은 내 발가락이 너무 아프다
신발도 누더기가 되어야만 길이 될 수 있는가
내가 사랑한 길과 사랑해야 할 길이 아침이슬에 빛날 때까지
이제 나에게 남은 건
부러진 나무젓가락과 먹다 만 단무지와 낡은 칫솔 하나뿐
다시 자장면을 먹으며 살아봐야겠다

정호승 시인.

그는 내가 아는 한 많은 시인들 중에서도 가장 돋보이는 시를 쓰는 시인이다. 그의 시는 전혀 어렵거나 낯설지 않다. 가장 쉬운 시어로도 깊이 있는 시를 쓸 줄 아는 우리나라에서 몇 안 되는 시인이다.

지금 우리나라엔 시의 독자들이 점점 사라지고 있다. 그 원인이 여러 가지겠으나 그 중 시를 쓰는 시인들의 책임이 가장 크다. 같은 시인들조차도 이해할 수 없는 시가 난무하다보니, 독자들은 난해하다 못해 해괴망측한 시에 질려버린 것이다. 물론 난해함이나 그로인한 시어의 모호함은 시가 갖는 특징 중 하나라고 해도 이는 해도 해도 너무

한 것이다. 독자를 전혀 배려하지 않은 시인의 오만과도 같다고 하겠다. 그래놓고 반성은커녕 오히려 시의 독자들의 수준이 어떻다는 등 비루한 소리를 떠들어 대는 시인도 있다. 그런데 그런 허접 쓰레기 같은 시인들 사이에서 정호승 시인은 자신의 시적스타일을 항상 견지해 나간다. 오히려 나이가 들어 쓰는 시가 더 좋다. 그도 젊은 시절엔 시류를 좇는 시를 쓰곤 했는데, 그야 시대적 상황을 외면할 수 없는, 말하자면 시인으로서 일종의 의무감이라고나 할까, 그런 것이 아니었나 싶다. 물론 그렇다고 해서 젊은 날의 그의 시가 격이 떨어진다는 것은 결코 아니다. 나이 들어, 인생을 더 깊이 관조하는 가운데 쓰여 진 시가 훨씬 쉬우면서도 깊이가 있다는 말이다.

글을 잘 쓰거나 말을 잘하는 사람들은 누구나 해독할 수 있고 알아들을 수 있는 글을 쓰고 말을 한다. 어쭙잖은, 말하자면 덜 떨어진 실력으로 자신을 포장하기 좋아하는 사람들이 오히려 같은 글도 어렵게 쓰고 같은 말도 어렵게 말한다. 이는 가벼운 지식으로 자신의 허한 마음을 돋보이게 하려는 술책과도 같은 것이다.

이런 관점에서 볼 때 시인 정호승은 여타의 시인들에 비해 독자를 배려할 줄 아는 시인이라고 여겨진다.

보라!

이 시〈다시 자장면을 먹으며〉는 인생을 살면서 누구나 겪게 되는 삶의 시련에 대해 굴복하지 않고 현재의 시점에서 다시 시작하려는 의지가 담겨있다. 살다보면 누구에게나 실패가 따르고 그로인해 고통과 좌절과 눈물과 한숨을 쉬게 마련이다. 시인 자신도 그러했을 것이다. 그랬기에 쓰라린 감정마저도 쉬운 시어로 풀어내며 새로운 날에 대한 의지를 확고히 하는 시를 빚어 낼 수 있었을 것이다.

오 헨리는 "인생은 흐느낌과 울음과 미소로 성립된다. 그 중에서도 가장 많은 것은 울음이다."라고 했다. 그렇다. 그 어느 인생도 쉬운 것은 없다. 삶이란 본시 '무無에서 시작해 유有를 만들어 가는 것'이다. 그러기에 인생은 신중하면서도 함부로 해서는 안 되는 것이다. 그런데 살아가면서 몇 번 넘어졌다고 해서 자신의 인생을 포기할 순 없지 않은가. 자신을 포기하는 것은 자신의 인생에 대한 직무유기이며 최악의 모독이다.

정호승 시인은 이를 너무도 잘 아는 까닭에 이런 시를 유려한 시어로, 그러나 결코 가볍지 않은 사색을 담아 쓴 것이라고 생각한다.

공자는 일러 말하길 "등에 무거운 짐을 지고 먼 길을 가는 것이 인생이다. 그러므로 우리는 인생을 급히 서두르지 말고 천천히 가야 한다."고 했다.

인생을 서두르지 말자.

남보다 빨리 성공하려고 무리수를 두지 말자. 자신에게 주어진 재능과 역량을 뜨거운 열정과 의지로 풀어나가라. 인생은 자신에게 주어진 대로 가는 것이 최고의 행복에 이르는 길이다.

마음을 씻는 일

                                      나는 무언가를 깊이 생각
할 일이 있거나 마음이 어둠의 동굴처럼 편치 않거나 울적할 땐 툭툭
자리를 차고 일어나 배론 성지나 풍수원 성당을 간다. 나는 그곳 종교
와는 아무런 상관도 없지만 왠지 모르게 그곳에 가면, 그냥 마음이 편
하고 묵은 마음의 때가 말끔히 씻겨 질 것만 같아서다. 가끔씩 그곳에
가서 마음을 비우고 내 식으로 묵상을 하며, 이리저리 돌아보고 쉼터
에 앉아 시집을 읽거나 시상이 떠올라 시를 쓰고 나면 무언가가 가슴
에 꽉 찬 기분이 들고, 뿌듯한 마음까지 든다. 그곳에선 나쁜 마음, 고

약한 생각, 분노의 마음, 시기와 질투, 탐욕과 거짓마음을 가슴에 담아둘 수가 없다. 그곳에 있는 동안은 한없이 너그러워지고 순결해지며 겸손해지고 무심無心의 마음으로 돌아가 행복하기까지 하다.

가끔은 세상의 근심과 번잡한 생활을 떠나 마음을 씻고 가다듬는 시간이 필요하다. 굳이 신앙인이 아니더라도 상관없다. 기도와 묵상은 신앙인만이 하는 전유물이 아니다. 누구나 할 수 있는 마음을 다스리는 공부다. 그리고 자연과 교감하는 시간을 보낸다. 보잘 것 없는 작은 풀잎을 쓰다듬어주고 이름 모를 들꽃에 입맞춤도 해주고, 무언의 대화를 나누다 보면 그것들도 자신을 예뻐하는 것을 알고는 방긋방긋 미소 짓고 손을 흔들어 주며 친근감을 표시한다. 사람들 사이에서는 전혀 느낄 수 없는 새로운 경험은 늘 나를 새롭게 한다.

산다는 것은 무엇인가.

그것은 있는 그대로를 자연스럽게 받아들이고 거짓 없는 마음으로 순리를 따라 자신에게 주어진 길을 고고하게 가는 것이다. 길을 가다 보면 숱한 유혹도 있고, 내 능력에서 벗어나는 일을 하고 싶어 안달복달 할 때도 있고, 남을 미워 할 때도 있고, 내 의지와는 전혀 상관없는 일을 만날 때도 있고, 지극히 드문 일이지만 생각지도 않는 횡재를 누릴 수도 있다. 인생이 교과서만 같다면 얼마나 좋을까. 그렇다면 누구나 공평하게 삶을 살 수 있을 텐데. 그런데 그렇지 않은 것이 인간의 삶이다. 신이 우리들에게 그런 삶을 부여하지 않은 까닭은 인생의 참

묘미를 느끼며 살라는 것일 게다. 모든 것이 똑같고 일정하다면 삶의 목표도 사라지고, 그렇게 되면 인생의 낙樂이 없을 것이기 때문이다. 지구상에서 공산주의가 발을 뻗치지 못하고 스스로 자멸한 것은 그 이론처럼 모두가 평등하고 똑같이 함께 하기 때문이라는 데 있다. 똑같이 먹고 입고 또 같은 집에서 산다는 이론은 매우 그럴싸하지만 그 실체는 사람들을 안일무사하게 만들었다. 그것이 공산주의가 소멸할 수밖에 없는 까닭인 것이다.

신은 바로 이런 점을 우리 인간들에게 깨우치기 위해 기쁨과 한숨과 웃음과 눈물을 함께 준 것이다. 그래야 한숨 속에서 기쁨의 즐거움을 알고, 눈물 속에서 웃음의 소중함을 경험하게 돼 삶을 소중하게 여길 것이기 때문이다.

나는 아둔한 인간인지라 이런 진리를 알고도 순간순간 잊어버리고 오만하고 방자한 짓을 하곤 한다. 참으로 어리석은 존재인 까닭이다. 그러기에 나도 모르는 사이 내 마음속엔 세균보다도 더 더러운 마음의 때가 끼게 되고 어느 순간 답답해서 견딜 수 없으면 나는 그것을 씻기 위해서라도 배론 성지와 풍수원 성당을 순례하는 것이다.

이 모두가 다 나의 무지無知와 부덕不德을 상쇄相殺하기 위함이니 나란 존재는 아직 미물微物을 탈피하지 못한 까닭이다.

오늘도 나는 묵은 마음의 때를 벗기 위해 풍수원 성당으로 향한다. 그곳에 간다는 마음 하나만으로도 이미 나는 어린아이처럼 흥겨운 마음이다. 가벼운 존재의 느낌이 이런 것일까.

오늘 따라 하늘도 더 맑고 푸르다.

감사하다, 모든 것이 다 고마울 따름이다.

오늘

나는 오늘이란 말이 참 좋
다. 오늘이란 말속엔 신선하고 새로운 에너지가 가득 담겨져 있을 것
만 같다. 그래서 일까. 책을 읽거나 길을 가다가도 오늘이란 단어를 보
게 되면 기분이 상쾌해짐을 느낀다.

모든 날들은 오늘을 시작으로 해서 이루어지고 이어나간다. 일주일
의 시작도 오늘이며, 한 달의 시작도 오늘이고 일 년의 시작도 오늘이
고 백 년의 시작도 오늘로부터 시작 되었다. 오늘은 과거와 현재 내일
과 미래를 열어주는 영원의 징검다리이다. 따라서 오늘이 없다면 과

거도 내일도 미래도 없다. 이처럼 오늘은 매우 중요한 시점이다. 오늘이 탄탄하게 여물면 내일은 더욱 견고한 날을 맞을 것이지만, 오늘이 빈약하면 내일 또한 허술 할 수밖에 없을 것이다.

할 일이 생각나거든 지금 하라
오늘 하늘은 맑지만, 내일은 구름이 보일지도 모른다.
어제는 이미 당신의 것이 아니니, 지금 하라

친절한 말 한 마디 생각나거든
지금 말 하라
내일은 당신의 것이 안 될지도 모른다

사랑하는 사람은
언제나 곁에 있지 않는다
사랑의 말이 있다면
지금 하라

미소를 짓고 싶거든
지금 웃어주어라

당신의 친구가 떠나기 전에
장미는 피고 가슴이 설렐 때
지금 당신의 미소를 주어라

불러야 할 노래가 있다면
지금 불러라
당신의 해가 저물면 노래를 부르기엔
너무나 늦는다
당신의 노래를 지금 부르라

이 시는 로버트 해리의 〈지금 하라〉이다. 나는 그 어떤 시보다도 이 시를 매우 사랑한다. 이 시를 음미하다보면 지금 이순간이 너무도 소중하게 다가온다. 지금이란 단어는 나에게 게으름을 용납하지 않는다. 느슨해지려는 몸과 마음을 언제나 곧추세우게 한다. 지금이 가면 방금 전에 지금은 어디에도 없다. 그것은 단지 과거에 지나지 않을 뿐이다. 그러기에 로버트 해리의 시처럼 내가 소중하게 사랑하는 사람도 지금 사랑하지 않으면 안 될 것 같고, 내가 소중하게 여기는 일도 지금 하지 않으면 나에게로부터 영영 달아나 버릴 것만 같다. 지금은 오늘 가운데 속해있는 것 그러니 어찌 오늘을 소중하게 여기지 않을 것인가.

오늘을 어떻게 살고 어떻게 보내느냐에 따라 그 사람의 모든 것은 결정된다. 오늘 해야 할 일이 쌓여있는데 남의 일처럼 여긴다면 그의 오늘은 완전히 마이너스적인 시간 낭비일 뿐이다.

오늘을 늘 새롭게 맞아야 하리. 그 새로운 오늘이 자신의 인생을 보다 맑고 아름답게 가꾸어 줄 것이다.

오늘은 어제와 내일을 이어주는
영원의 징검다리
오늘이 있어 이상을 품고
먼먼 미래를 향해 나아가리니
오늘은 가고 과거는 남는 것
수많은 오늘의 날들이 우주를 만들고
생명을 만들고 역사를 이루고
새로운 오늘을 이어오고 이어가나니
오늘이 가면 더는 오늘이 아닌 것을
한 번 뿐인 생의 만개滿開를 위해
희망의 날개를 달고 불타는 눈동자로
견고하고 흐트러짐 없는 열망의 이름으로

오늘을 살고 오늘을 가라

오늘은 아름다워라

오늘은 그 누구의 것도 아닌

우리 모두의 것이니

오늘 속에 영원이 있고 영원 속에 오늘은 가는 것

날마다 새로운 오늘을 위해

오늘을 목숨처럼 사랑하라

– 오늘

그래도 봄은 온다

겨울이 아무리 춥고 혹독
해도 봄은 어김없이 다가와 온 산천에 밝은 웃음을 터트린다. 아무 생
명도 존재할 것 같지 않은 대지가 따스한 온기로 들뜨고 사람들도 짐
승들도 나무와 꽃 풀들도 환한 표정으로 새봄이 옴을 즐거워한다. 이
런 자연의 법칙은 자연세계에서만 일어나는 것이 아니다. 사람들의
세계에서도 일어나는 순리이며 삶의 과정이다.

살면서 좋은 일만 있으면 얼마나 좋을까. 삶엔 궂은 날도 있고 맑은
날도 있고 비 오는 날도 있고 진눈깨비가 내리는 날도 있다. 궂은 날이

나 비오는 날엔 맑은 날이 기다려지고 가뭄이 들어 건조할 땐 비를 기다리는 것처럼 고통과 시련 속에서는 당장이라도 죽고 싶을 만큼 괴롭지만, 참고 견디며 나가다보면 반드시 좋은 날이 있기 마련이다.

지금의 고통이 너무 커 죽으려고 했던 J가 있다. 그는 친구에게 사기를 당해 전 재산을 날리고 아내로 부터 이혼을 당했다. 하루아침에 그는 빈털터리에 배신까지 당했던 것이다. 그는 자신의 현실을 인정하려고 하지 않았다. 모든 것이 꿈에서 일어난 일 같았다. 그러나 그건 현실이었다. 그를 더욱 힘들게 하는 것은 가족으로부터 철저하게 외면당하는 고통이었다. 그리고 친구들과 주변사람들의 비웃음과 따돌림이었다. 어느 누구도 그를 반겨주지 않았다. 믿었던 친구들도 한 두 번은 그를 만나 밥도 사고 술도 샀지만 그와의 만남을 극도로 꺼려하였다. 어느 날 그는 믿었던 친구 P에게 전화를 걸었다. 아무리 신호가 가도 그는 받지 않았다. 바빠서 일거야, 아니면 무슨 사정이라도 있겠지, 라고 전화오길 기다려도 P에게선 아무런 연락이 없었다. J는 P의 사무실로 전화를 했다. 여직원이 전화를 받았다. 바꿔줄 테니 잠시만 기다리라고 해서 가다리는데 여직원이 이내 하는 말이 P가 급히 전무실로 갔다는 것이다. 전화를 끊은 J의 얼굴은 일그러져 있었다.

'아, 이젠 P마저 나를 외면하는구나. 그래. 그 친구인들 날 만나는 게 반가울리 없지. 그래, 다 그런 거지. 다 그런 거야……'

그는 이렇게 생각하며 그가 잘 가던 바다로 갔다. 그는 바다를 향해 몸을 날렸다. 그 때 마침 그 광경을 지켜보던 사람이 있었다. 그는 재빠르게 물속으로 뛰어들어 J를 구해냈다. J의 모든 사정얘기를 들은 그는 J에게 말했다.

"이 세상에서 가장 좋은 것도 사람이고 가장 더럽고 추한 것도 사람이오. 내 형편이 좋을 땐 주위에 사람들이 꼬이지만, 내 형편이 초라할 땐 다 떠나가는 게 사람들이오. 사람을 너무 믿지도 너무 멀리 하지도 마시오. 그냥 내가 살아가는데 있어 필요한 물건 중에 하나라고 여기시오. 그게 차라리 옳은 생각일 거요. 그렇다면 죽는다는 게 너무 억울하지 않소? 그런 사람들의 외면 때문에 하나 뿐인 소중한 목숨을 버리려 하다니……"

J는 그의 이야기를 들으면서 자신의 어리석음을 깨달았다. 사람이란 거기서 거기라는 것을. 그 사실을 자신이 잊고 살아왔다는 것을.

J는 자신의 어리석음을 깨닫게 해준 그를 향해 넙죽 큰절을 올렸다. 그는 자신의 목숨을 살려준 은인이며 인생의 스승이었다. 그 역시 인생의 쓴맛을 보고 새롭게 인생을 개척한 사람이었던 것이다.

J는 그의 주선으로 공장에 취업을 하였다. 그리고는 몸이 부서져라 열심을 다해 일하였다. 몇 년 동안 돈을 모아 덤프트럭을 샀다. 그리고 회사와 운송계약을 맺고 열심히 일을 하였다. 성실하고 정확한 그의 생활은 그곳 사람들에게 보증수표로 통했다. 그의 덤프차는 2대가

되었고, 곧 3대가 되었다. 그는 절망 끝에서 희망을 찾아 전보다 나은 행복을 찾았다.

그의 인생의 겨울은 참혹하리만치 혹독했지만 결국 그는 자신의 인생을 따스한 봄으로 돌려놓았다.

인생의 겨울을 너무 두려워하거나 슬퍼하지 마라. 인생의 봄은 반드시 온다. 그 날을 위해 오늘은 눈물을 닦으며 앞을 향해 나가야 한다. 겨울이 아무리 춥고 혹독해도 반드시 봄은 오는 것이니까.

물가에서의 하루

하늘 한쪽이 수면에 비친다 물총새가 물속을 들여다보고
소금쟁이 몇개 여울을 만든다 내가 세상에 와
첫 눈을 뜰 때 나는 무엇을 보았을까 하늘보다는
나는 새를 물보다는 물 건너가는 바람을 보았기를 바란다
나는 또 논둑길 너머 잡목숲을 숲 아래 너른 들판을 보았기를
바란다 부산한 삶이 거기서 시작되면 삶에 대해 많은 것을
바라지 않기를 바랐을 것이다 산그늘이 물속까지 따라온다
일렁이는

물결 속 청둥오리들 나보다도 더 오래 물 위를 헤맨다 너는

아는구나 세상에서 가장 좋은 것이 물이라는 걸 아는구나

오늘따라

새들의 날개짓이 훤히 보인다 작은 잡새라도 하늘에다 커다란

원을 그리고 낮게 내려갔다 다시 솟아오른다 비상! 절망할 때마다

우린 비상을 꿈꾸었지 날개가 있다면…… 날 수만 있다면…… 날개는

언제나 나는 자의 것이다 뱃전에 기대어 날지 않는 거위를

생각한다 거위의 날개를 생각한다 물은 왜 고이면 썩고 거위는

왜 새이면서 날지 않는가 해가 지니 물소리도 깊어진다 살아 있는

것들의 모든 속삭임이 물이 되어 흐른다면…… 물소리여

너는 세상에 대해

무엇이라 대답할까 또 소리칠까 소리칠 수 있을까

천양희 시인.

나는 여류시인들 중 천양희, 문정희, 김남조, 최영미 김선우 시인들
의 시를 즐겨 읽는다. 특히 그 중에서도 천양희 시인과 문정희 시인의
시가 마음을 잡아끈다. 이들의 시적정서가 남자인 내 시적정서와 잘
맞기 때문이다.

이 시는 천양희 시인의 〈물가에서의 하루〉다. 시가 부드럽고 서정

적이면서도 만만치 않은 사유로 깊이 있는 시적성찰을 잘 보여주고 있다. 시인은 물가를 놀러갔다가 많은 생각을 했던 것 같다. 보통 사람들이야 물가에서의 하루를 가뿐한 마음으로 즐겁게 보내는 것이 인지상정이다. 그런데 천양희 시인은 시인의 본능을 유감없이 보여주었다.

새들의 날개짓이 훤히 보인다 작은 잡새라도 하늘에다 커다란
원을 그리고 낮게 내려갔다 다시 솟아오른다 비상! 절망할때마다
우린 비상을 꿈꾸었지 날개만 있다면…… 날 수만 있다면…… 날개는
언제나 나는 자의 것이다 뱃전에 기대어 날지 않는 거위를
생각한다 거위의 날개를 생각한다 물은 왜 고이면 썩고 거위는
왜 새이면서 날지 않는가

시인은 말한다. 작은 잡새도 하늘에다 커다란 원을 그리며 낮게 내려갔다가 솟아오른다고, 비상! 한다고. 그런데 사람들 중엔 절망할 때마다 죽음을 생각하고 이별을 생각하는 사람들이 많다. 하늘을 향해 힘차게 솟아오를 생각은 접어둔 채 눈물을 뚝뚝 흘리며 사는 게 뭣! 같다며 푸념을 한다. 이는 자신의 인생에 대해 철저하게 모독하는 행위다.

날개만 있다면 아아, 날개만 있다면, 하고 소리쳐도 막상 날개가 주어져도 날지 못하는 사람들이 많은 게 현실이다. 거위는 날개가 있지

만 날지를 못한다. 날지 못하는 날개는 더 이상 날개가  아닌 것처럼 자신에게 주어진 삶의 날개를 펴고 날지 못한다면 거위와 같은 사람에 불과하다.

물은 고이면 썩는다. 썩어서 악취를 풍긴다. 썩은 물은 죽은 물이다. 죽은 물엔 생명이 살지 않는다. 그러나 흐르는 물엔 이끼가 끼지 않는다. 흐르면서 많은 생물을 키워내고 굽이굽이 흘러 바다에 이른다. 늘 흐르는 강물이 되어야한다.

괴테는 말하길 "별처럼 서두르지 말고 그러나 주저앉아 쉬지도 말고 사람들은 모두 자기 운명의 궤도를 돌도록 해야 한다." 고 했다.

그렇다.

우리는 저마다 자신에게 주어진 운명의 길을 간다. 내가 가기 싫어도 가야하고 좋아도 가야한다. 가지 않고 주저앉아 버리면 빛나는 내일을 결코 만날 수 없다.

우리는 누구나 위대한 신으로부터 선택받은 고귀한 생명이다. 하나 뿐인 목숨, 이 소중한 목숨을 위하여 자신에게 주어진 길을 힘차게 가야 한다.

이것이 각자에게 주어진 인생의 의무이며 권리인 것이다.

푸른 자유

하늘을 나는 새를 보면 무한한 자유를 보는 것 같아 가슴이 맑아 옴을 느낀다. 눈이 부시도록 파란 하늘을 유유히 떠서 점점이 날아가는 새들의 비행은 사람들 가슴에 순진무구한 동심을 길러준다. 이런 해맑은 동심은 라이트 형제에 의해 비행기를 만들게 했고, 마침내 사람들은 하늘을 나는 기쁨을 누리게 되었다.

예로부터 새는 무한한 자유의 상징이었으며 누구나 한번쯤 새가 되어 하늘을 나는 꿈을 꾸었다. 그러나 사람들은 새들의 멋진 비행만 보았지 그렇게 날기 위해 숱한 날개 짓을 해야 한다는 것은 관심밖에 두었다. 멋지게 날아가기 위해서는 숨 가쁜 날개 짓을 해야 하는 수고를 감수해야 한다. 날개 짓의 수고가 멈추어지는 순간 새는 더 이상 멋진 비행을 감행할 수 없다. 마찬가지로 사람들도 무한한 사상적 자유를 위해서는 홀로 있는 시간과 사색의 풍유를 즐겨야 한다. 자유가 지나치면 방종이 되고 도를 넘으면 혼란을 가져와 삶의 정체성이 위협받게 되는 상황에 처하게 된다. 참된 자유는 혼란과 무질서를 바로잡고 삶의 정체성을 바르게 한다.

다문화국가 다민족국가로 가는 지금 우리 사회는 정체성의 혼돈으로 그 어느 때보다도 혼란스럽다. 이념논쟁의 색깔은 엷어졌지만 저마다 무리를 지어 자신들의 생각과 맞지 않으면 목소리를 높여 공격을 일삼는다. 양보는 퇴색하고 자신들만 앞서기를 즐겨한다. 간혹 배가 산으로 가려는 아찔한 순간도 종종 벌어진다. 이는 자유가 넘쳐 오히려 자유를 위협하는 형세다.

아무리 좋은 것도 넘치고 보면 그 소중함이 반감하기 마련이다. 따라서 이를 경계해야한다.

진실로 현명한 사람은 어떤 상황에서도 결코 흔들림이 없어야 한다. 넘치면 넘치는 대로 부족하면 부족한 대로 자신의 처지에 맞게 완급을 조절해야 한다. 이런 사람이야 말로 자유에 대한 진정한 가치를 아는 까닭이다. 자유를 곡해하지 말아야 한다. 그것을 곡해하면 나와

너 우리의 관계가 흐트러지고 불행한 사태를 초래할 수 있음을 유념해야 할 것이다.

"자유 없는 곳에 인생의 가치는 없다. 자유를 희구하는 것이 인간의 의무이기도 하다." 라고 푸쉬킨은 말했다.

이렇듯 인간은 자유를 통해서만 참다운 자신의 존재 알 수 있고, 그것으로써 삶의 가치를 키워나가는 것이다. 진정한 삶을 꿈꾸는가. 그렇다면 자유의 참된 가치를 몸소 실천하라.

붉은 태양 가득히

따스한 오월 햇
살을 따라 싱그러운 시골길을 달려간다. 깨끗하게 포장된 아스팔트길
이 담백한 담채화 같은 시골 풍경을 퇴색시키지만 푸른 들과 숲, 맑은
실개천과 하늘을 나는 새들의 노래가 도시에서의 찌든 몸과 마음을 한
껏 씻어준다. 여기저기선 농부들이 허리를 굽혀 다정한 눈길로 땅과
대화를 나누고 제법 탐스럽게 솟아오른 푸른 채소를 쓰다듬는 주름진
손놀림이 매우 경쾌하다.

풋풋한 흙냄새와 코끝을 자극시키는 풀과 들꽃 향기는 내가 살아있

음을 증명이라도 하듯 싱그럽고 해맑다. 나도 모르게 입에선 깊은 탄성이 울려난다. 옹이처럼 박힌 일상생활에서의 불평과 불만이 언제 그랬느냐는 듯 눈처럼 사르르 녹아내린다. 그저 푸르른 대지와 산과 들을 바라보는 것만으로도 마음이 즐겁고 풍족해진다. 사람의 마음이란 크고 놀라운 일에 감동하기보다는 작고 잔잔한 일에서 더 진한 감동을 느끼는 것이다.

자연은 하나의 거대한 공연장이다.

수십 명의 오케스트라단원들이 지휘자의 손끝에 일사분란하게 움직이며 내는 장중한 소리는 가히 음악의 참맛을 느끼게 하듯, 자연은 꾸미지 않아도 저절로 무대를 이루고, 악기가 되며 연주가 되어 그 어느 음악가도 들려 줄 수 없는 심오한 음악을 연주한다. 자연의 음악은 듣고 보는 것만으로도 참 행복을 느낀다. 어느 땐 감동에 격해 눈물을 흘릴 때도 있다.

이처럼 대자연의 맑은 숨결은 우리나라 그 어딜 가든 만날 수 있다는 것은 대단히 만족스러운 하늘의 은총이다. 그래서 자연과 나누는 대화는 넉넉한 품격이 있다. 그 대화는 자유와 평화며 사랑이고 온유함이다. 또한 자연은 생명의 어머니인 동시에 만물 존재의 근원이다.

오월의 태양은 유난히 밝고 맑게 빛난다. 손톱만한 칙칙함이라곤 눈 씻고 찾아 볼 수 없다. 자연의 벌판에서 바라보는 오월의 붉은 태양 가득히 에는 희망과 열정의 전율이 파도처럼 일렁거린다. 오월의 태양은 그것들로 인해 더욱 붉은 빛이 선명하다. 그래서 나는 오월을 사랑하고 오월의 붉은 태양을 사랑한다.

처음처럼

처음이란 말은 신선하고, 맑고, 깨끗하고 새롭게 시작한다는 의미를 갖고 있다. 처음이란 모든 것들의 첫 순간을 뜻하기 때문이다.

미지의 세계를 향해 첫발을 떼는 탐험가나 지금까지 없었던 새로운 물건을 첫 생산하는 생산자나 문학작품을 첫 출간하는 시인과 소설가나 결혼으로 새 삶을 시작하는 부부나 첫 돌을 맞는 아가, 첫 입학을 하는 아이, 첫 봉급을 타는 직장인 등 앞에 붙는 첫 자는 처음을 알리는 타종과 같은 것이다.

새해가 오면 어김없이 하는 말이 '첫 출발을 잘 하자', '처음과 끝이 같도록' 이란 문구다. 이 말은 학생이나 직장인이나 가정이나 회사나 그 어디를 불문하고 쓰는 유행어와 같다. 그러나 1월 달 달력을 넘기기도 전에 이 문구가 무색하리만치 사람들의 태도는 싹 바뀌고 만다. 그리고 덧붙이는 말이 "그냥저냥 살다 가는 거지 뭐." 라고 대수롭지 않게 말하곤 한다. 그런데 이런 말을 하는 사람들은 인생의 험준한 산을 넘고 격랑의 인생바다를 넘어 온 칠십 팔십의 노인들이 아니라 앞날이 푸른 소나무처럼 창창한 이들이라는 데 놀라지 않을 수 없다.

언제부터인지 우리 사회일각에선 주체의식이 사라져버리고 신념은 구름처럼 흘러가 버리고 말았다. 젊음이 아름답다는 것은 생동감이 넘치고 파릇파릇한 꿈에 물든 모습 때문인데 그 생기 넘침은 사라지고 시든 장미같이 윤기 없는 모습만 보인다. 이는 자신에게 있어 치명적인 순간을 맞게 할지도 모른다. 비록 지금은 힘들고 어려워도 희망의 끈을 놓아버리지 않고 앞으로 나아가는 용기만 잃지 않는다면 반드시 자신의 꿈을 이루는 날이 올 것이다.

어떤 이가 있었다. 그는 가난하고 초라했지만 꿈은 태산보다 높고 열정은 태양보다도 밝게 빛났다. 그는 시작은 미약하지만 나중은 창대하리라는 꿈을 한시도 잊어본 적이 없었다. 그는 열심히 노력했다. 자신의 뜻대로 안 되면 될 때까지 몇 번이고 처음으로 돌아가 다시 했고, 늘 오늘이 처음이라고 생각하고 초심을 잃지 않았다. 그의 열정은 하늘에 닿고 그의 꿈은 새가 되어 창공을 향해 훨훨 날아올랐다. 그는 미국의 자동차 신화를 이룬 헨리 포드다.

그 어떤 일도 처음시작은 다 작고 초라하다. 그런데 그 처음을 크고 높게 만드는 이가 있는가 하면, 처음 가졌던 뜻을 이루기도 전에 중도에 하차하는 이도 있다.

할 수 있다와 할 수 없다는 단 한 글자 차이지만 그것이 의미하는 것은 하늘과 땅 차이다. 탈무드에 보면 "강한 사람이란 자기를 억제 할 수 있는 사람" 이라고 했다.

그 어떤 힘든 고난과 역경 앞에서도 꺾이지 않고 일어설 수 있는, 그래서 앞으로 당당하게 나아갈 수 있는 것은, 포기하려는 스스로를 억제하는 힘이 강하게 작용했기 때문이다.

처음이란 말은 그 누구에게든지 조건 없이 주어지는 '만민평등 주체적 언어'다. 처음이야 말로 기회균등의 요체인 것이다.

마음이 흔들리고 처음 가졌던 꿈이 사라지려고 할 때 마음을 강하게 하고 담대히 하라. 그리고 오늘을 늘 처음이듯 맞아드려라. 그리고 다시 처음으로 돌아가 시작하라.

처음은 영원한 오늘의 시작이며 미래의 출발점이다.

열정이란 이름의 전차

열정! 나는 열정이란 말을 무척이나 사랑한다. 이는 내 자신이 턱없이 부족한 탓으로 범인凡人의 범주를 벗어나지 못함에 이를 어떻게든 넘어보려는 수단으로 삼은 것이다. 열정을 품고 이루고자 하는 일을 쫓다보면 언젠가는 이룰 수 있을 것만 같은 생각에서다.

　나는 열정이란 말을 잘 알고 있으면서도 그것을 행하는 데는 소홀히 했음을 알게 되었을 땐 내 자신이 너무 부끄러웠다. 이런 생각을 더욱 갖게 된 연유는 바로 편운 조병화 선생을 만나고 나서다. 나는 그 당시

내가 강의하고 있는 문예창작교실 수강생들과 조병화 선생의 편운재
로 문학기행을 갔다. 나는 평소 그분의 시적성향을 좋아한 까닭으로
편운재를 탐방하기로 한 것이다. 사전에 여러 차례 전화를 했던 터라
선생의 음성만으로도 친근감을 느끼곤 했다.

그곳에 도착하니 벌써 선생이 기다리고 있다, 반갑게 맞아주었다.
그 당시 일흔 여덟이란 나이가 믿기지 않을 만큼 정정하였다. 얼굴엔
화색이 일었고, 카랑카랑한 목소리는 젊은 패기마저 느껴져 그 분의
뜨거운 열정을 보는 듯했다. 이곳저곳을 돌아보던 중 '꿈의 귀향'이란
시비를 보았다.

　　어머님 심부름으로 이 세상에 나왔다가
　　이제 어머님 심부름 다 마치고
　　어머님께 돌아왔습니다.

이 시를 읽고 난 순간 온몸이 뜨거워지는 것을 느꼈다. '꿈의 귀향'
이란 시의 제목도 그렇고 시 내용 또한 꿈을 이룬 자 만이 쓸 수 있는
시였던 것이다. 나는 여지껏 무얼 했지? 라는 생각이 절로 났다. 선생
은 강연회에서 '인생은 꿈이올시다.' 라는 말로 포문을 열었다. 그의
한 마디 말은 어느 것 하나 놓치기 아까운 살아있는 언어였다. 자신의
어린 시절부터 지금에 이르기까지 선생은 한 번도 꿈을 잊은 적이 없

다고 했다. 꿈은 늘 자신을 새로운 자리로 나아가게 했다고 했다. 내가 알기로 선생은 경희대교수와 인하대학교 대학원장과 한국문인협회 이사장과 예술원 원장을 역임하고 예술인으로서는 최고의 훈장인 금관문화훈장을 받았다. 어디 그 뿐인가. 굵직굵직한 상은 모두 받은 시인으로도 유명하다. 한 사람의 시인으로 누릴 수 있는 온갖 영예를 다 누렸다. 선생처럼 명예를 얻은 시인이나 소설가는 찾아보기가 힘들 정도로 인생을 풍미했다. 그런데 그렇게 되기까지에는 선생의 뜨거운 열정과 실천의 의지가 남달랐기 때문이다. 선생은 팔십이 다 된 나이에도 시간을 정해 시를 쓰고 글을 읽고 자신을 필요로 하는 곳이라면 어디든지 마다하지 않고 달려갔다. 그 뜨거운 열정 앞에 그 자리에 있던 일행 모두는 숙연한 마음이 되고 무언가를 가슴 깊이 담은 충족한 마음이 되었다.

사무엘 울만은 '청춘'이라는 그의 시에서 청춘은 나이의 숫자가 아니라 마음에 이상을 품고 살 때라고 했다. 이상을 품고 사는 사람에겐 언제나 풋풋한 향기가 나고 눈동자는 늘 새벽별처럼 반짝이며 걸음걸이는 사슴처럼 경쾌하고 가슴은 푸른 하늘을 나는 독수리처럼 담대하다. 이상은 우리의 영혼을 맑게 하고 생기를 불어넣는다. 이렇듯 영혼의 안테나를 세우고 무언가를 위해 끊임없이 탐구하고 나아가는 삶, 그런 삶이야말로 진정 향기로운 삶인 것이다.

열정이란 말엔 언제나 청자 빛이 물씬 풍겨난다.

선생은 여든이 다 된 나이에도 열정의 에너지를 품고 날마다 나아가고 있었던 것이다.

그 날 이후 나는 열정이란 이름의 전차를 타고 날마다 나아가리라 내 스스로에게 다짐을 하고 지내왔고, 지금도 굳건히 가고 있다. 나는 내가 이루고 싶은 꿈을 반드시 이루고 싶다. 그 꿈이 있는 한 나는 언제나 청춘으로 살아갈 테니 말이다.

오늘도 나는 한 잔의 커피를 마시며 나의 이상을 향해 부르짖는다.

"오, 나의 이상이여! 나에게 푸른빛 날개를 다오. 박차고 날아오를 수 있는 나의 날개를."

사랑이 나에게 가르쳐준 것들

사랑은 겸손을 말하네
나를 앞세우지 말고
사랑하는 이의 뒤편에 서서
사랑하는 이를 높여주는 것이라네

사랑은 믿음을 일러 말하네
믿음은 사랑으로 오고
그 믿음으로
사랑은 키가 자라네

사랑은 용서를 말하네
분노하는 마음이 이성을 잃게 해도
마음을 가다듬어
차분히 용서를 하라하네

사랑은 침묵을 일러 말하네
말이 앞서 사랑하는 이 마음에
상처를 남기지 말고
침묵으로 평안을 주라하네

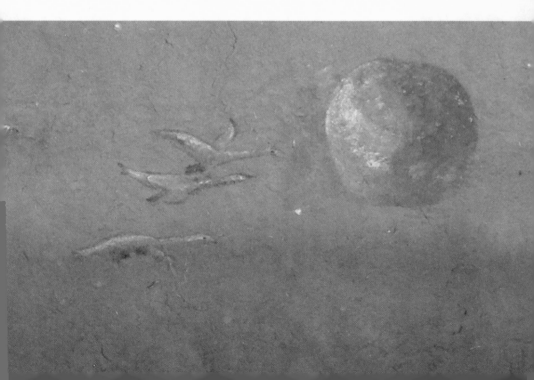

사랑은 칭찬을 말하네
작은 일에도 칭찬을 아끼지 말고
사랑하는 마음을 담아
미소 지며 칭찬을 하라하네

사랑은
나를 드러내지 않으며
한 발 물러서서 바라보게 하고
서두르지 아니하며
탐내지 않으며
차분히 기다리는 마음이라네

사랑은
최악의 상황에서도
슬픔은 안으로 삭이고
고통은 나누며
격려와 용기를 주는 것이라네

사랑은
모든 것을 포용하며
모든 것을 참으며
모든 것을 배려하는
생의 원천이라네

                              ―김옥림

에필로그

나는 「사랑이 나에게 가르쳐준 것들」을 쓰는 동안 참 행복했습니다. 내 글에 소재가 되어준 몇몇 분들의 삶이 너무도 절절하고 아름다웠거든요. 그 소중한 감동을 잊을 수가 없습니다. 모두가 하나같이 살아있는 사랑의 전설입니다.

나는 그러한 감동을 에세이로 또는 시와 에세이를 함께 엮어 썼습니다. 다양한 시와 에세이를 통해 독자들을 좀 더 감동의 숲으로 안내하고 싶은 소박한 마음에서입니다.

아름다운 감동의 사연을 전해준 화가 탁용준, 황혜경 부부와 여러분께 감사합니다. 또한 이 책을 쓰면서 더욱 감사한 것은 평소에 내가 꼭 넣어 쓰고 싶었던 시들을 함께 수록할 수 있어 그 의미가 새롭다는 것입니다.

한국문예학술 저작권협회를 통해 좋은 시를 수록할 수 있도록 허락해 준 정호승, 도종환, 문정희, 김용택, 신달자, 천양희, 나희덕, 이기철 시인과 지금은 고인이 된 조병화 시인 가족에게 감사드립니다.

사랑이 나에게 가르쳐준 것들

2008년 10월 10일 초판 1쇄 인쇄
2008년 10월 15일 초판 1쇄 발행

지은이_김옥림
그린이_탁용준
펴낸이_임종관
펴낸곳_미래북
신고번호_제302-2003-000326호
주 소_서울특별시 용산구 효창동 5-421호
전 화_02-738-1227
팩 스_02-738-1228
이메일_miraebook@hotmail.com

디자인_김왕기

ISBN 978-89-92289-15-3 03800